漱石のことば

姜尚中
Kang Sang-jung

目次

第四章 「人の心」は闇である【善悪】 93

第六章 「男」は男らしくない?! 【男性観】 135

第八章　「美」は静謐の中にあり【審美眼】　175

第一〇章　それでも「生きる」【死生観】　219

序章　残念な人生へのやさしい讃歌

残念な青春――。

何だか自虐的に聞こえるかもしれませんが、私の思春期は、情けなく、惨めでした。一一、一二歳から一六、一七歳のころと言えば、中学生から高校生の時期に当たります。そのとき、私は青春を謳歌《おうか》したという記憶がないのです。暗いじめじめとした地下室の中で、ときおり頭の上からもれてくる地上の光に憧れながらも、どうしてもそこから抜け出せない、そんな無惨な毎日と言ったらいいでしょうか。

自分の出自に悩んだこともありますが、それだけでなく、どうしようもなく孤独だったのです。無性にこの世の中が嫌で、別の世界の、別の人間になりたいと願っていたのです。軽い吃音《きつおん》に悩み、幼馴染《おさなな じ》みと遠ざかり、恋を打ち明ける女性《ひと》もなく、コンプレックスに凝り固まった惰弱な人間。それが私でした。

やんちゃな悪戯《いたずら》小僧で、スポーツにも勉強にも秀で、同年代の子供からも、周囲の大人からも一目置かれていた幼少期とはあまりにもかけ離れた思春期の変貌ぶりに、実は、私自身がいちばん驚いていたのです。でも、どうすることもできませんでした。一度固まってしまった性格というものは、そう簡単に変えられるものではありません。

時は、行け行けどんどんの高度成長期。所は、男尊女卑のカラーの強かった熊本です。私は、自分自身を「男の腐ったやつ」と見下しながらも、ぼんやりとした孤独感に浸り、その暗がりの中から、光を求めていたのかもしれません。自分の世界が暗ければ暗いほど、外の世界の光が眩《まぶ》しく、恋しかったのです。

光が欲しい。

眩しく燦々《さんさん》と輝く太陽の下、青春を思いっきり楽しみたい。そう願いながらも、その後の私の内面に、光が射《さ》し込んでくることはほとんどありませんでした。残念な青春の呪いはそのまま、わが人生の歩みを曇天の下に留め置いてしまったかのようです。大切な家族や友にも先立たれ、いまやひっそりと終わりの時を待つ淋《さび》しい中年過ぎの男。振り返ってみれば、何と残念な人生だったことか。

＊

しかし、洞窟の中をとぼとぼと歩き続けた私にも、淡いペンライトのような光だけは与えられていました。

漱石の言葉です。

同世代の学生たちの例にもれず、十代のころから漱石作品に触れていました。最初に読んだのは、『坊っちゃん』や『吾輩は猫である』など、痛快で軽妙な作品です。坊っちゃんの竹を割ったような性格や猫のユーモラスな語り口が強く印象に残りましたが、そのときは、ただそれだけでした。私の閉じこもった地下室の暗い世界とは無縁のように思われたからです。

しかし、そのタイトルに惹《ひ》かれて読み始めた『心』の先生の言葉に、それこそ心を奪われてしまったのです。


「私は淋《さび》しい人間《にんげん》です」と先生は其晩又此間《このあひだ》の言葉を繰《く》り返《かへ》した。「私は淋《さび》しい人間《にんげん》ですが、ことによると貴方《あなた》も淋しい人間《にんげん》ぢやないですか。……」

私が求めていたのは、これでした。というより、そうした言葉を自分に向かって口に出してくれる人を求めていたのです。自分と同じように、淋《さび》しい人間から差し出される、淋しい人間だけにわかる言葉を求めていたのです。「これだ、これこそ、自分が求めていたものだ」。思わず、私は心の中で喝采していました。そんな気持ちになったのは、本当に久しぶりでした。少なくとも、「自分探し」を強く意識するようになって以来、喝采したくなる気持ちなど、絶えてなかった経験だったのです。

私は、地下室の中から私を連れ出してくれるメンターを求めていたのです。間違いなく、漱石はその一人でした。自分をここまで惹きつけたのも、おそらく、漱石その人が、コミュニケーションに不向きな、淋しい人間だったからだと思います。だからでしょうか、作品の中の登場人物、特に男の主人公は、「女」にかなわない「男」、『坊っちゃん』の主人公を除いて、残念な「男」たちばかりです。しかし、そんな「男」たちこそ、わが同輩と思えて仕方がないのです。

そうした「男」に絡む「女」は、これまた、私好みの女性ばかりです。少なくとも、漱石の好みと私のそれとは共通点が多いように思えてなりません。一言で言えば、どことなく色っぽくて淫らで、それでいて憐《あわ》れを知っている女性です。おそらく、日の当たらない暗がりの中に佇《たたず》んでいるような淋しい人間だからこそ、ひまわりのような大輪で、しかも蠱惑《こわく》的な魅力を発する女性に憧れていたのかもしれません。

孤独であることと、人を、メンターを、友を、愛する女性を求めることとは、一見すると矛盾しているように思えるかもしれません。でも、孤独だからこそ、人が恋しいのです。自分の中で内に向かう力と外に向かう力とがせめぎ合い、言い争って、自分でもどうしたらいいのか、わからないまま、私の思春期は終わっていました。

それは、不完全燃焼などという、通り一遍の表現では言い表せない苦い体験でした。でも、その後、折々に漱石の言葉と出合うたびに、「おれは悩むことのできる男だというされしさ」がこみ上げてくることがわかったのです。どんなに残念な人生でも、それでも「おれは悩むことができる」し、そこには、生きているうれしさがある。そんな思いが、じわっと身体中に広がっていく経験を積み重ねていくうちに、気がついたら、私の中に開き直ることのできるしたたかさが芽生えていたのです。

初めて漱石の言葉に出合ってから、五〇年以上の時が過ぎました。私は結局、老成とは無縁のまま、そう遠くはない将来に、ひっそりと消えていく存在なのでしょう。

結局、人生ってわからない。自分がわからないのだから、他人もわかるわけはない。
——謎だ。生きるって、その謎解きのことかもしれない。

これは、漱石ではなく、現在の私の、まことに素朴で素直な雑感です。こうした境地にたどり着いたのも、結局は、五〇年以上、繰り返しかみしめ続けた、漱石の言葉の薬効でした。

そう、人生には答えなんかない。あるのは、謎だけだ。自分がなぜこんな境遇に生まれたのか、なぜこんな顔をして、こんな性格で、こんな女を好きになり、こんな不幸な目に遭わなければならないのか、どうしても、わからない。ただ、ハッキリしていることは、悩んだり、途方に暮れている自分がいることだけだ。

笑ってしまう。

何だか、残念だけが人生みたいじゃないか——。

しかし、どんなに不幸だと思ったり、苦しかったり、辛かったりしても、たとえば、人との偶然の出会いによって、ぬくもりやおかしみ、あるいは、ほっとするひとときだってあるだろう。

漱石は、『硝子戸の中』で、病気の進行を尋ねられて「継続中です」と答えています。私はこのことに、これまで何度も言及してきました。しかし、最近になって、ますますその深さがわかってきたような気がしています。生きるということは、わからないことが「継続中」であることを示しています。言い換えれば、それは、私たちが「途上」にあることを意味しているのです。

答えがない。

行けども行けども、ゴールはない。

どこまで歩いても、「途上」である。

最近、こうした思いを発しても、カイロの熱が身体中に伝わるように、私の内側でやさしい気持ちがじわっと広がっています。不思議なことに、まったく悲観的な感情を伴わないのです。「継続中」――漱石の言葉のすごさは、繰り返し唱えても、そのときどきの心理状態によって、まったく違った内的な経験を得られることです。

さしあたり、六〇代半ばの私は、「途上」を生きること自体が、青春だと思うようになりました。ですから、残念な思春期の記憶しかなくても、それはほんの一齣《ひとこま》に過ぎず、今でも青春は「継続中」だと思っています。

未完成であることが、ただひたすらにうれしいのです。

本書で私は、自分をここまで生かしてくれた、ごく私的な名言を開陳しました。これらの言葉から、読者の方々に、一人一人の「継続中」を探して欲しいと切に願っています。

第一章　かくも「私」は孤独である【自我】

私は孤独である――。

序章でも触れたように、私の残念な青春には孤独の影がさしていました。今でも度々、孤独感に浸るときがあります。それでもこの年齢になり、そもそも人間は孤独であると思い定めるようになりました。人間は本来、孤独なのです。

漱石の作品の中には、「神経衰弱」という言葉がよく出てきますが、これは今言うところのうつ病です。登場人物はだいたいそうですし、漱石自身もそうでした。弟子の鈴木三重吉への手紙の中で、この時代においては神経衰弱になるのが正常で、そうならぬ者のほうがおかしいとも言っています。神経がおかしくなるのは、「世紀病」のようなものであり、それは人間が自由になり、同時に個人が尊重されるようになった結果だというのです。

しかし、自由には代償が伴います。上からの命令に従う必要がなくなった代わりに、何事も自分の判断で決めなければならなくなりました。他人との関係も、個々人がみずから選び取って築かねばなりません。すると、いきおい腹と腹の探り合いが厳しくなります。「神経衰弱」と並んで漱石がよく使ったキーワードの一つに、「探偵」があります。人が人を信じられず、万事に疑り深くなった証《あかし》です。それと表裏一体の関係で、自意識や自己愛が過剰に噴出して、「おれが、おれが」「私が、私が」の自己中心主義を招くことにもなるのです。

『草枕』の中に、「憐むべき文明の国民は日夜に此鉄柵に噛み付いて咆哮して居る」といった表現が出てきます。私は、表面は明るく見えても心には深い孤独を抱えている今の若者が、ネットにかじりついて始終書き込みを続けている情景を思い出して、ハッとしました。

001　みんな淋しいのだ

「私は淋《さび》しい人間《にんげん》です」と先生は其晩又此間《このあひだ》の言葉を繰《く》り返《かへ》した。「私は淋《さび》しい人間《にんげん》ですが、ことによると貴方《あなた》も淋しい人間《にんげん》ぢやないですか。……」（『心』より）

序章で述べた通り、この先生のセリフに、孤独の中にあった私の心は震え、それまで味わったことのない深い感動を覚えました。

002　守りに入るほど弱くなる

市蔵といふ男は世の中《なか》と接触する度《たび》に、内《うち》へとぐろを捲《ま》き込む性質《たち》である。だから一《ひと》つ刺戟を受けると、其刺戟が夫から夫へと廻転して、段々深く細かく心の奥に喰《く》ひ込んで行く。さうして何処《どこ》迄喰《く》ひ込んで行《い》つても際限を知らない同じ作用が連続して、彼を苦しめる。

（『彼岸過迄』より）

内向的な須永について、叔父の松本の分析です。世の中に接するたびに、内へ内へととぐろを巻く――。自我というものの普遍的な説明です。言い換えれば、自分の城に立てこもることです。堅固に守れば守るほど自分は脆弱《ぜいじゃく》になって、さらに守りを固める悪循環に陥るのです。

003　私たちを孤独にするもの

平岡はとう〳〵自分と離れて仕舞つた。逢《あ》ふたんびに、遠くにゐて応対する様な気がする。実を云ふと、平岡ばかりではない。誰《だれ》に逢つても左《そ》んな気がする。現代の社会は孤立した人間の集合体に過《すぎ》なかつた。大地《だいち》は自然に続《つゞ》いてゐるけれども、其上に家《いへ》を建《た》てたら、忽《たちま》ち切《き》れ切《ぎ》れ〳〵になつて仕舞つた。家《いへ》の中《なか》にゐる人間《にんげん》も亦切《き》れ切《ぎ》れになつて仕舞つた。文明は我等をして孤立せしむるものだと、代助は解釈した。

（『それから』より）

代助はかつて無二の親友だった平岡との間に、いつしか距離ができていることに気づきます。世間を斜めに見ているかのような彼ですが、時代の殺伐を誰よりも敏感に嗅《か》ぎ取る繊細な人間でもあるのです。

００４　一億総探偵

今代《きんだい》の人は探偵的である。泥棒的である。探偵は人の目を掠めて自分丈うまい事をしやうと云ふ商売だから勢《いきおい》自覚心が強くならなくては出来ん。泥棒も捕《つか》まるか、見付かるかと云ふ心配が念頭を離れる事がないから勢自覚心が強くならざるを得ない。今の人はどうしたら己れの利になるか、損になるかと寐ても醒めても考へつゞけだから勢探偵泥棒と同じく自覚心が強くならざるを得ない。二六時中キヨト〳〵、コソ〳〵して墓に入る迄一刻の安心も得ないのは今の人の心だ。文明の呪咀だ。

（『吾輩は猫である』より）

漱石の重要なキーワードの一つが、「探偵」です。これについて苦沙弥《くしゃみ》先生がいつもの仲間たちにぶった一席です。探偵的になるとは、人の腹を探ること。人の思惑が気になるのは、自意識過剰になっているからです。今でも大いにあることです。

005 自由の代償

自由と独立と己《おの》れとに充《み》ちた現代に生れた我々は、其犠牲としてみんな此淋しみを味はわなくてはならないでせう。

（『心』より）

先生が私に人を信じることのできぬ理由を語ったときに言った言葉です。個人としての自由を手に入れれば入れるほど、人の孤独感は強まると言うのです。まるで、戦後民主主義の成れの果てを予感していたような言い草に、私は慄然《りつぜん》としました。

006 なぜ自我の主張ができないのか

「自我の主張」を正面から承れば、小憎《こにくら》しい申し分が多い。けれども彼等をして此「自我の主張」を敢《あえ》てして憚かる所なき迄に押し詰めたものは今の世間である。
（『思ひ出す事など』より）

とかく自己中心的に聞こえがちな「自我の主張」ですが、その裏には、首を吊《つ》ったり身を投げたりするのと同じくらい深刻な煩悶《はんもん》があると漱石は言います。自我の主張を控え、万事、空気を読み、多数者に服《まつら》う雰囲気が強い現在、漱石の指摘は傾聴に値する至言です。

007 「露悪家」の喝采は病気である

近頃の青年は我々時代の青年と違つて自我の意識が強過ぎて不可《いけ》ない。吾々の書生をして居る頃には、する事為《な》す事一《いつ》として他《ひと》を離れた事はなかつた。凡てが、君とか、親とか、国とか、社会とか、みんな他《ひと》本位であつた。それを一口《ひとくち》にいふと教育を受けるものが悉く偽善家であつた。その偽善が社会の変化で、とう〳〵張り通せなくなつた結果、漸々《ぜんぜん》自己本位を思想行為の上に輸入すると、今度は我意識が非常に発展し過ぎて仕舞つた。昔しの偽善家に対して、今は露悪家ばかりの状

態にある。——君、露悪家といふ言葉を聞いた事がありますか。(『三四郎』より)

広田先生が三四郎に向かって滔々《とうとう》と述べる当世論です。時代の趨勢《すうせい》の中で、かつては何事も利他主義だったものが、今はことごとく利己主義の発想になっていると主張しています。「露悪家」というのは広田先生の造語です。当世では、何事もホンネを重んじるという名分のもと、この「露悪家」が喝采を浴びているようです。困った風潮です。

008　無我の境地

昔しの人は己れを忘れろと教へたものだ。今の人は己れを忘れるなと教へるから丸で違ふ。二六時中己れと云ふ意識を以て充満して居る。それだから二六時中太

平の時はない。いつでも焦熱地獄だ。（『吾輩は猫である』より）

自意識が肥大すればするほど、人間は生きづらくなります。その苦しみから逃れるためには、己を忘れることだ――と、苦沙弥先生は言います。「無我の境地」という言葉があります。まさにそれでしょう。

009　悪事からもっとも遠い人

私は仕舞にKが私のやうにたつた一人《ひとり》で淋《さむ》しくつて仕方《しかた》がなくなつた結果、急に所決したのではなからうかと疑《うた》がひ出しました。さうして又慄《ぞつ》としたのです。私もKの歩《ある》いた路《みち》を、Kと、同じやうに辿《たど》つてゐるのだといふ予覚が、折々《をり〳〵》風《かぜ》のや

うに私の胸《むね》を横過《よこぎ》り始《はじ》めたからです。　（『心』より）

先生の遺書の中の言葉です。先生は当初、Kの自殺は愛するお嬢さんを自分に奪われたためだと考えていました。しかし、その後、究極の理由は誰も信じる相手がいなくなった孤独のためだったのではないかと気づきます。孤独を忘れ、俗世の欲に狂ったとき、人は悪事をなすのかもしれません。孤独の中で、それでも他者との自由な関係を結ぼうとする人間は悪事から最も遠いところにいるのではないでしょうか。

010　入信「未満」

「死《し》ぬか、気《き》が違《ちが》ふか、夫《それ》でなければ宗教《しうけう》に入《い》るか。僕《ぼく》の前途《ぜんと》には此三《このみつ》つのものしかない」……
「然《しか》し宗教《しうけう》には何《ど》うも這入《はい》れさうもない。死《し》ぬのも未練《みれん》に食《く》ひ留《と》められさうだ。なればまあ気違《きちがひ》だな。然《しか》し未来《みらい》の僕《ぼく》は偖置《さてお》いて、現在《げんざい》の僕《ぼく》は君《きみ》正気《しやうき》なんだらうかな。もう既《すで》に何《ど》うかなつてゐるんぢやないかしら。僕《ぼく》は怖《こは》くて堪《た》まらない」

（『行人』より）

過剰な自意識ゆえに破綻寸前までいってしまった主人公の一郎です。この苦しいつぶやきは、漱石自身のものでもあるのだろうと感じます。漱石も宗教に頼ろうとして断念し、死ぬほどの苦しみをこらえ、血を吐きながら作品を書き続けました。漱石ほどの覚悟も才能もない私は、教会の門をたたき、私淑した牧師から洗礼を受けました。しかし、それでも今は教会の門の前に佇んでいる心境です。

011　空虚な博覧化

博覧会は当世である。イルミネーションは尤《もつと》も当世である。驚ろかんとして茲《こゝ》にあつまる者は皆当世的の男と女である。只あつと云つて、当世的に生存の自覚を強くする為めである。御互に御互の顔を見て、御互の世は当世だと黙契《もつけい》して、自己の勢力を多数と認識したる後家《いへ》に帰つて安眠する為めである。

（『虞美人草』より）

博覧会を五輪に置き換えてみると、なぜこれほどまでに多くの人々がきんきらきんのイベントに熱を上げるのか、わかるような気がします。要するに、みんな空虚なのです。その内面の空虚を埋め、みんなでそれを確認し合って、安心して休む。何と、虚しい営みなのでしょう。そう思うと、二〇二〇年の東京オリンピックも何だか虚しい営みのように思えてなりません。

012 どんどん孤独になる

文明はあらゆる限りの手段をつくして、個性を発達せしめたる後、あらゆる限りの方法によつて此個性を踏み付け様とする。一人前何坪何合かの地面を与へて、此地面のうちでは寐るとも起きるとも勝手にせよと云ふのが現今の文明である。同時に此何坪何合の周囲に鉄柵を設けて、これよりさきへは一歩も出てはならぬぞと威嚇《おど》かすのが現今の文明である。……憐むべき文明の国民は日夜に此鉄柵に噛み付いて咆哮して居る。

（『草枕』より）

物語の終盤近く、画工が人でごった返す停車場に行き、現実に引き戻されたときの述懐です。「文明」というのはもはや実感が湧きにくい言葉ですが、「グローバル化」と置き換えてみるとわかりやすくなります。一人前何坪何合かの柵の中で暴れている個人の孤独は、今なお驀進《ばくしん》中です。

013　病気であることが正気の証

現下の如き愚なる間違つたる世の中には正しき人でありさへすれば必ず神経衰弱になる事と存候。是から人に逢ふ度に君は神経衰弱かときいて然りと答へたら普

通の徳義心ある人間と定める事に致さうと思つてゐる今の世に神経衰弱に罹らぬ奴は金持ちの魯鈍ものか、無教育の無良心の徒か左らずば、二十世紀の軽薄に満足するひやうろく玉に候。

（鈴木三重吉宛書簡、明治三九年六月六日付より）

漱石が門下の鈴木三重吉に宛てた手紙です。神経衰弱とは、今言うところのうつ病です。現代においてはうつになるのは珍しいことではなく、むしろ、うつであるほうが普通であると言っても過言ではありません。漱石もまったく同じことを言っています。つくづく先を見越していると感じます。

第二章　「文明」が人を不幸にする　【文明観】

『三四郎』の中で、東京帝大に受かった三四郎が、熊本から上京する汽車の中で教師の広田先生に出会う場面があります。

時は明治四〇年ごろ。

日露戦争の戦勝によって、世の人はみな、これで日本も一等国へ仲間入りしたと自惚《うぬぼ》れムードに浸っています。そんな様子を斜《はす》に見て、先生はこう言い放ちます。

「亡《ほろ》びるね」

三四郎は日本人ではない者に出会った気がして、仰天します。

当時の日本は欧米列強に追いつき追い越せで近代化への道を突っ走っていました。が、漱石はそのありようを疑問の目で眺めていました。広田先生は漱石の分身的な人物であり、つまり、彼は漱石の気持ちを代わりに語っているのです。

漱石の時代批判のまなざしは、『三四郎』のほか、『吾輩は猫である』や『それから』などでも窺《うかが》うことができます。

漱石は近代文明というものを、けっしてよいものだとは思っていませんでした。その嫌悪感は、明治三〇年代にイギリスに留学したこととも大きく関係しています。漱石の目に映った、かの国の光景は憂鬱なものでした。巨大な建造物が並び立つ都市。工場の煤煙《ばいえん》で灰色に染まった空。その下で汲々《きゅうきゅう》と走り回る人々。彼らを金の亡者へと駆り立てる資本主義。これは人間を幸福にするものではないと漱石は思いました。しかし、どんなに嫌だと思っても、自分たちはこれを手本として追いかけざるをえないのだということに、さらに憂鬱になりました。

が、漱石はやがて思い直します。それならばそれでもいい。自分は「物書き」としてその行方をとことん書いてやろうと決意したのです。

「自己本位」の自覚です。

漱石は明治四四年に行った「現代日本の開化」という講演で、こう言っています。

日本の開化は西洋の物まねをした「皮相上滑《うわすべ》りの開化」である。しかし、それが悪いからやめなさいと言うのではない。われわれは「涙を呑んで上滑りに滑つて行かなければならない」のだ、と。

私は漱石のこの講演を読むたびに、韓国の金大中《キムデジュン》元大統領のことを思い出します。氏はこうおっしゃっていました。この世を厭《いと》うて遊仙境へ逃げてしまうのは簡単である。しかし、政治家はあえてこの世の汚泥に身体半分漬かっていなければならない。そうして泥にまみれながら、なおかつ「理想」を忘れてはならないのだ、と。

漱石の言っていることと、よく似ていないでしょうか。

私が漱石を愛するのは、彼が隠遁《いんとん》的な態度にならず、懐旧にも向かわず、あくまでも目の前の現実を見つめ、そこで苦悩する人たちを描いたからです。なおかつ、その中で人間がいかによく生きるかを考え続けたからです。

上滑りに滑りながらも、ギリギリの抵抗をして前を向く。

この姿勢を私は尊敬するのです。

014　亡びるね

あなたは東京が始めてなら、まだ富士山《ふじさん》を見た事がないでせう。今に見えるから御覧なさい。あれが日本一の名物だ。あれより外に自慢するものは何もない。所が其富士山は天然自然《てんねんしぜん》に昔《むかし》からあつたものなんだから仕方がない。我々《われ〳〵》が拵《こしら》へたものぢやない」と云つて又にや〳〵笑つてゐる。三四郎は日露戦争以後こんな人間に出逢ふとは思ひも寄《よ》らなかつた。どうも日本人ぢやない様な気がする。

「然し是からは日本も段々発展するでせう」と弁護した。すると、かの男は、すましたもので、

「亡《ほろ》びるね」と云つた。

（『三四郎』より）

広田先生が三四郎に「亡《ほろ》びるね」の名言を放つ場面です。『三四郎』の発表は日露戦争

終結の三年後の明治四一年ですから、漱石こそ「日本人じゃないような人」なのです。だからといって作中に政治青年が出てくるわけでもなく、軍人批判をするわけでもなく、社会主義的な主張をするわけでもありません。時代に対して絶妙な距離感とさじ加減を持った作家だったと思います。それは、ある意味で一人の個人が取りうるリベラルなスタンスとも言えます。私も不穏な空気が漂う日本の政治の現実を睨《にら》みながら絶妙の距離感を保ちたいと思っています。

015　外国かぶれしない

倫孰《敦》ノ町ヲ散歩シテ試ミニ啖《痰》ヲ吐キテ見ヨ真黒ナル塊リノ出ルニ驚クベシ何百万ノ市民ハ此煤烟ト此塵埃ヲ吸収シテ毎日彼等ノ肺臓ヲ染メツ、アルナリ

（日記、明治三四年一月四日より）

漱石のイギリス留学中の日記です。その目には美しい文明の灯ではなく、煤煙に染まった薄ら寒い未来が映っていたのではないでしょうか。当時の大英帝国の首都は、現在のロンドンとニューヨークを足したような世界の超メトロポリスでした。それにただ圧倒されて驚嘆するのではなく、陰鬱な世界として描いたところに漱石の偉さがあります。漱石は、「かぶれ」てしまうほど、クラゲのような柔な知識人ではなかったのです。でも、その代償は精神の病だったのかもしれません。漱石は要するに気触《かぶ》れなかったのです。今でもニューヨークやロンドン詣でをして、気触れてしまう学者やビジネスマンが何と多いことでしょう。

016　窮屈な社会

全ク時間ツブシダ西洋ノ社会ハ愚ナ物ダコンナ窮窟ナ社会ヲ一体ダレガ作ツタノダ何ガ面白イ

（日記、明治三四年三月一二日より）

同じく漱石留学中の日記です。漱石にとっては、西洋独特の個人主義への違和感も大きかったようです。その上にコンプレックスやホームシックがごちゃ混ぜになって、すっかり神経衰弱に陥ってしまいました。でもこれは英国をはじめ西欧社会だけの息苦しさではありません。今の日本もまた、とても窮屈な社会になっていると思えてなりません。

017　盛者必衰の理《ことわり》

英人ハ天下一ノ強国ト思ヘリ仏人モ天下一ノ強国ト思ヘリ独乙人モシカ思ヘリ彼等ハ過去ニ歴史アルコトヲ忘レツヽアルナリ羅馬ハ亡ビタリ希臘モ亡ビタリ今ノ英国仏国独乙ハ亡ブルノ期ナキカ、日本ハ過去ニ於テ比較的ニ満足ナル歴史ヲ有シタリ、比較的ニ満足ナル現在ヲ有シツヽアリ、未来ハ如何アルベキカ、……真面目ニ考ヘヨ誠実ニ語レ摯実ニ行ヘ汝ノ現今ニ播ク種ハヤガテ汝ノ収ムベキ未来トナツテ現ハルベシ

（日記、明治三四年三月二一日より）

同じく漱石留学中の日記です。強く気焔を上げているのに目を惹かれます。漱石は小説の中ではこの手のことはほとんど言いませんが、秘めたる意識は高いのです。晩年に至るまで世界情勢にもよく目を配っていました。漱石は、盛者必衰の理《ことわり》をよく理解し、「奢《おご》れる者久しからず」という歴史の「摂理」に心を砕いていたのだと思います。現在の米国は

漱石の目にどう映っているでしょうか。

018　虚勢を張ってどうするのだ

日本は西洋から借金でもしなければ、到底立ち行かない国だ。それでゐて、一等国を以て任じてゐる。さうして、無理にも一等国の仲間入をしやうとする。だから、あらゆる方面に向つて、奥行《おくゆき》を削《けづ》つて、一等国丈の間口《まぐち》を張《は》つちまつた。なまじい張れるから、なほ悲惨《ひさん》なものだ。牛《うし》と競争をする蛙《かへる》と同じ事で、もう君、腹《はら》が裂《さ》けるよ。

（『それから』より）

代助が友人の平岡に向かって一演説ぶつ場面です。虚勢を張って西洋に追いつこうとして破綻寸前になっている日本を、牛と競争する蛙《かえる》になぞらえています。この後、そういう駄目な国だから、自分は働かないのだという高等遊民の言い訳のオチとなるのですが、文明批評そのものは正鵠《せいこく》を射ています。そして、その批評は、グローバル化の尻馬に乗る、有象無象の時流迎合的な学者やジャーナリスト、政治家やエコノミストにも向けられているかもしれません。

019　勝ち組

泰西の文明の圧迫《あつぱく》を受《う》けて、其重荷《に》の下《した》に唸《うな》る、劇烈な生存競争場裏に立つ人《ひと》で、真《しん》によく人《ひと》の為《ため》に泣き得るものに、代助は未《いま》だ曾《かつ》て出逢《であ》はなかつた。

（『それから』より）

口を開けば、グローバル化された現実の世界はそんなに甘くないぞと、まるで世界を知り尽くしたと言わんばかりの「勝ち組」のご託宣を聞くたびに、この『それから』の代助の思いが過《よぎ》ります。今も、一〇〇年前も、代り映えしない光景です。

020　学問の現状を憂う

しばらくしてから、三四郎は漸く「偉大なる暗闇《くらやみ》」を読み出した。……論文は現今の文学者の攻撃に始まつて、広田先生の讃辞に終つてゐる。ことに大学文科の西洋人を手痛く罵倒してゐる。早く適当の日本人を招聘して、大学相

当の講義を開かなくつては、学問の最高府たる大学も昔の寺小屋同然の有様になつて、錬瓦石のミイラと撰ぶ所がない様になる。

（『三四郎』より）

大学が、「干物」の知を伝授する場所であるとはいえ、それが、「干物」の味すらしない、「ミイラ」となってはどうしようもありません。その意味では、大学は、「生きた知」の場所ではありません。とはいえ、その反動で「生もの」の知ばかりを扱う場所になってしまえば、これもまた考えものです。その上、人文社会系の知など無用といった風潮が強くなっている大学の現状を考えると、ますます漱石の言葉がリアルに思えてなりません。

021　ブラック企業

親爺《おやぢ》の頭《あたま》の上《うへ》に、誠者天之道也《まことはてんのみちなり》と云ふ額が麗々と掛けてある。先代の旧藩主に書いて貰つたとか云つて、親爺《おやぢ》は尤も珍重してゐる。代助は此額が甚だ嫌である。第一字が嫌だ。其上文句が気に喰はない。誠は天の道なりの後《あと》へ、人の道にあらずと附け加へたい様な心持がする。

（『それから』より）

代助が実業家の父親に内心、たてついている場面です。父親は明治維新以降、産業界に転向し、相当あこぎなことにも手を染めてのし上がった人物です。しかし、自分では前時代に変わらず誠心誠意、人のため世のためお上のために働いていると信じています。代助はそういう欺瞞《ぎまん》が嫌でたまらないのです。当世でも、そうした立志伝中の偽善家はごまんといそうです。ブラック企業は明治のころからあったのかもしれません。

022　敗亡の発展

門《もん》と玄関の間《あひだ》が一間《いつけん》位しかない。勝手口《かつてぐち》も其通りである。さうして裏にも、横《よこ》にも同じ様な窮屈な家《いへ》が建《た》てられてゐる。東京市の貧弱なる膨脹に付《つ》け込《こ》んで、最低度の資本家が、なけなしの元手《もとで》を二割乃至《ないし》三割の高利《こうり》に廻《まは》さうと目論《もくろん》で、あたぢけなく拵《こしら》へ上《あ》げた、生存競争の記念《かたみ》である。

今日《こんにち》の東京市、ことに場末《ばすえ》の東京市には、至る所に此種《このしゆ》の家《いへ》が散点してゐる、のみならず、梅雨《つゆ》に入《い》つた蚤《のみ》の如く、日毎に、格外の増加律を以て殖えつゝある。代助はかつて、是を敗亡の発展《はつてん》と名《な》づけた。さうして、之《これ》を目下の日本を代表する最好の象徴《シンボル》とした。

（『それから』より）

今も昔も、壊しては造り、造っては壊す東京の街の様子が目に浮かぶようです。かつて「兎小屋《うさぎごや》」と揶揄《やゆ》された劣悪な住宅事情は今もお馴染みのものです。TOKYOオリンピックを当て込んで、またぞろ地価の上昇に乗じた貧弱な住宅がたくさん出てきそうです。いったい、漱石の時代からどれだけ変わったのか。オリンピック景気を当て込んだ東京の活況の虚しさを感じてしまいます。

023　大和魂とは、大和魂のこと？

「大和魂《やまとだましい》！　と叫んで日本人が肺病やみの様な咳をした」

「起し得て突兀《とつこつ》ですね」と寒月君がほめる。

「大和魂！　と新聞屋が云ふ。大和魂！　と掏摸《すり》が云ふ。大和魂が一躍して海を渡つた。英国で大和魂の演説をする。独逸《ドイツ》で大和魂の芝居をする」

「成程こりや天然居士以上の作だ」と今度は迷亭先生がそり返つて見せる。

「東郷大将が大和魂を有《も》つて居る。肴屋の銀さんも大和魂を有つて居る。詐偽師《さぎし》、山師《やまし》、人殺しも大和魂を有つて居る」

「先生そこへ寒月も有つて居るとつけて下さい」

「大和魂はどんなものかと聞いたら、大和魂さと答へて行き過ぎた。五六間行つてからエヘンと云ふ声が聞こえた」

（『吾輩は猫である』より）

苦沙弥先生が寒月《かんげつ》君、迷亭《めいてい》君らの仲間に大威張りで披露した、傑作の「大和魂」の作文です。『吾輩は猫である』の発表は明治三八年、日露戦争終結の年です。ちゃかすという程度ではすまされなさそうな皮肉ですが、今も愛国心と言えば、何でもＯＫになる風潮を見ていると、漱石の時代からどれほど進歩したのか疑わしいと思わざるをえません。国の贔屓《ひいき》の引き倒しほど、みっともなく危険なことはありません。

024　上滑り

我々の遣《や》つてゐる事は内発的でない、外発的である、是を一言にして云へば現代日本の開化は皮相上滑《うわすべ》りの開化であると云ふ事に帰着するのであります、……我々の開化の一部分、或《あるい》は大部分はいくら己惚《うぬぼ》れて見ても上滑りと評するより致し方がない、併《しか》しそれが悪いからお止《よ》しなさいと云ふのではない、事実已《や》むを得ない、涙を呑んで上滑りに滑つて行かなければならないと云ふのです。

（講演「現代日本の開化」、明治四四年より）

漱石が和歌山で行った有名な講演です。「皮相上滑《うわすべ》り」という表現が卓抜で、日本の文明開化をこれほどうまく言い当てた言葉はありません。しかも、それを単純に否定するのではなく、それに逆らうことはできない、涙を呑んで滑っていけ、と言っているところがすごいのです。

025　危ない、危ない、と感じる能力

あぶない、あぶない、あぶない。気を付けなければあぶないと思ふ。現代の文明は此あぶないで鼻を衝かれる位充満してゐる。おさき真闇《まつくら》に盲動する汽車はあぶない標本の

一つである。（『草枕』より）

主人公の画工が爆走する列車を見ながら感慨にふけって言います。なぜ危ないのでしょうか。それは、個々人だけでも十分危険物である人間を全部いっしょくたに詰め込んで、どこかわからぬ場所に猛進するからです。「あぶない」とか、「気を付けなければあぶない」とかいうセリフは、巨大な交通システムだけでなく、通信やエネルギーなど、文明社会に欠かせないものに対する鋭い警鐘です。

026　いわゆる「元勲」なるもの

遠クヨリ此四十年ヲ見レバ一弾指ノ間ノミ。所謂元勲ナル者ハノミノ如ク小ナ

ル者ト変化スルヲ知ラズや。明治ノ事業ハ是カラ緒ニ就クナリ。今迄ハ僥倖ノ世ナリ。準備ノ時ナリ。モシ真ニ偉人アツテ明治ノ英雄ト云ハルベキ者アラバ是カラ出ヅベキナリ。之ヲ知ラズシテ四十年ヲ維新ノ業ヲ大成シタル時日ト考ヘテ吾コソ功臣ナリ模範ナリ抔云ハゞ馬鹿ト自惚ト狂気トヲカネタル病人ナリ。四十年ノ今日迄ニ模範トナルベキ者ハ一人モナシ。吾人ハ汝等ヲ模範トスル様ナケチナ人間ニアラズ

（断片、明治三九年より）

漱石のメモから発見された批判的な文章です。「元勲」と呼ばれている者などは「ノミ」のようなものであり、この四〇年の間に模範とすべきような人間は一人も出ていないと言い切っています。漱石は、明治の人であるとしても、巷間《こうかん》言われているような「明治万歳」の礼賛者ではなかったのです。数年後は、「明治維新から一五〇年」です。それは、同時に「漱石生誕から一五〇年」とほぼ重なりますが、明治を底抜けに明るく、健気な時代で塗り固める「明治礼賛」から漱石が隔たっていたことだけは確かです。

027　文学こそ、決死の覚悟をもってせよ

単に美的な文字は昔の学者が冷評した如く閑文字に帰着する。俳句趣味は此閑文字の中に逍遥して喜んで居る。然し大なる世の中はかゝる小天地に寝ころんで居る様では到底動かせない。……丁度維新の当士《志》勤王家が困苦をなめた様な了見にならなくては駄目だらうと思ふ。間違つたら神経衰弱でも気違でも入牢でも何でもする了見でなくては文学者になれまいと思ふ。

（鈴木三重吉宛書簡、明治三九年一〇月二六日付より）

門下の鈴木三重吉に宛てた手紙です。文学は俳句趣味のような閑文字ではいけなくて、維新の志士のような覚悟でやらなくてはならないと言っています。文壇から「余裕派」などと呼ばれた漱石ですが、そんな悠々の境地ではなく、決死の覚悟で書いていたことがわかります。

第三章　たかが「カネ」、されど「カネ」【金銭観】

お金の話というのは一般に純文学的な小説になりにくいものですが、漱石作品ではとても重要な要素です。お金が出てこない話はない――と言っても過言ではないくらいです。たとえば、大学を出た後も職に就かず、親の脛《すね》をかじっている子供。逆に、子供に恩を着せて、将来世話になろうとするさもしい親。毎月生活費が足らず、しょっちゅう諍《いさか》いになる夫婦。お金の臭いを嗅ぎまわり、たかりに精を出す厚顔者。はたまた、財産を騙《だま》し取られ、人間不信に陥る男。お金が人の心に及ぼすあらゆる側面が、陰に陽に描かれます。

この世で生きる以上、絶対になければ困るのがお金です。その恨みがもっとも恐ろしいのもお金です。『心』の先生が言うこの言葉は、今も昔も変わらぬ金言でしょう。

「金《かね》さ君。金《かね》を見《み》ると、どんな君子でもすぐ悪人《あくにん》になるのさ」

そんな漱石の小説の中でも、お金をちょっとひねった主題としているのが、『それから』です。

その構造を端的に言うと、「金」か「愛」かの究極の選択です。

それまでの小説でも、この二択はありました。が、選択をするのは主に女性でした。たとえば、美しい芸者が若く貧しい恋人を選ぶか、金満家の妾《めかけ》になるかで迷う。これを女性ではなく男の代助にやらせた点が、『それから』は新しいのです。富豪の令嬢と政略結婚するか、三千代との純愛を貫いて文無しになるか。代助は迷います。そして、最終的には愛を選んで地べたへ墜落し、職探しに走り回ります。

ある意味では究極のラブストーリー、ある意味では現実からの復讐《ふくしゅう》とも言える出色の悲喜劇です。

漱石の小説には、代助も含めて「高等遊民」と呼ばれる人たちがよく出てきます。漱石自身は高等遊民ではありませんが、観察するところ、どうもそういう身分に半分憧れていたらしき気配があります。俗世とは無縁の世界で、好きな本だけ読んでいたい。一生モラトリアムの学生で過ごせたらどんなにいいだろう。そんな願望がほの見えます。

また漱石は働き者で、利子だの遺産だののあぶく銭に頼るとろくなことはないと考えていました。というより、新興の成金や濡れ手にアワの金満家に対する、憎しみにも近い感情は、『吾輩は猫である』や『二百十日』などにストレートに表白されています。

しかしその半面、漱石は意外に贅沢《ぜいたく》でもあり、小ぎれいな暮らしにこだわるスタイリストでもありました。少なくとも清貧ではありません。ケチはカッコ悪いと思っていたふしさえあります。

その気持ちは、私もわからないではありません。「お金」ではなく「マネー」の世界が世の中を席巻し、一〇〇〇分の一秒の違いで、法外な得失が生まれてしまうマネー資本主義の時代。そんな時代の「寵児《ちょうじ》」たちが跋扈《ばっこ》している様子を見ると、内心、穏やかではありませんが、それでも、そういう自分自身、あれも欲しい、これも欲しいと、いまどきの消費文化に手もなく乗せられたりしています。

それを思えば、漱石もやっぱりこの地上の住人で、お金にはそれなりに滑らされていたのでしょう。けれども滑りながら良心と相談して、ぎりぎりの位置でこらえていた——というったあたりでしょうか。というと平凡ですが、そのように多少俗気のあるところで生きていたからこそ、お金にまつわるあれほど微に入り細を穿《うが》った心理を、生々しく描けたのだろうと思ったりします。

０２８　宇宙人

「三十になつて遊民として、のらくらしてゐるのは如何《いか》にも不体裁だな」

代助は決してのらくらして居《ゐ》るとは思はない。たゞ職業の為《ため》に汚《けが》されない内容の多い時間を有する、上等人種と自分を考へてゐる丈である。（『それから』より）

「何かして働け」と父親が渋面を作っても、代助はどこ吹く風です。悪いのは世の中のほうで、働かぬ自分は正しいと思っています。「職業の為《ため》に汚《けが》されない内容の多い時間を有する、上等人種と自分を考へてゐる」などとうそぶくあたりはたいした「宇宙人」です。

０２９　すねかじり

代助は月に一度《いちど》は必ず本家《ほんけ》へ金《かね》を貰ひに行く。代助は親《おや》の金《かね》とも、兄《あに》の金ともつかぬものを使《つか》つて生きてゐる。月《つき》に一度の外《ほか》にも、退屈になれば出掛けて行く。さうして子供に調戯《からか》つたり、書生と五目並《ごもくならべ》をしたり、嫂《あによめ》と芝居の評をしたりして帰つて来《く》る。

（『それから』より）

代助の大きな特徴は、『心』の先生や『彼岸過迄《ひがんすぎまで》』の須永のように内向的ではないところです。経済的には自立していないけれども弁が立ち、人づきあいもへたではなく、人気もあります。まったく悪びれていないという点でも、漱石の高等遊民たちの最右翼と言えます。

030　無職はごろつき

「職業《しよくげふ》は何《なん》だ」

「職業《しよくげふ》つて別《べつ》に何《なん》にもないんです」

「職業《しよくげふ》がない。ぢや、今迄《いままで》何《なに》をして生《い》きてゐたのか」

「たゞ親《おや》の厄介《やくかい》になつてゐました」

「親《おや》の厄介《やくかい》になつてゐた。親《おや》の厄介《やくかい》になつて、ごろ〳〵してゐたのか」

「まあ、さうです」

「ぢや、ごろつきだな」


（『坑夫』より）

良家の坊っちゃんから一転して坑夫に身を落とすことになった主人公が、健康診断を受ける場面です。「職業がない」と言ったとたん、社会の役立たずと断じられ、肩身が狭くなる。それほど単純なことではないと思いますが、この世ではこの図式がまかり通るのです。よく似た問答は、『心』にもあります。

031　金持ちになるか、偉くなるか

彼は金持《かねもち》になるか、偉《えら》くなるか、二つのうち何方《どつち》かに中途半端《はんぱ》な自分を片付《かたづ》けたくなつた。然し今から金持《かねもち》になるのは迂闊《うくわつ》な彼《かれ》に取《と》つてもう遅《おそ》かつた。偉《えら》くならうとすれば又色々《またいろ〳〵》な塵労《わづらひ》が邪魔をした。其塵労《わづらひ》の種《たね》をよく〳〵調《しら》べて見《み》ると、矢《や》つ張《ぱ》り金《かね》のないのが大源因になつてゐた。何《ど》うして好《い》いか解《わか》らない彼はしきりに焦《じ》れた。

（『道草』より）

主人公・健三の切実な悩みです。金持ちになるか、偉くなるかというのは、ある種、究極の選択かもしれません。果たしてどちらが難しいでしょうか。どちらかを選べと言われれば、私はどちらかというと、お金よりは偉くなるほうを選ぶかもしれません。

032　親の有難味

「御父《とう》さんが死んだ後《あと》で、一度《いちど》に御父《とう》さんの有難味《ありがたみ》が解《わか》るよりも、お父《とう》さんが生《い》きてゐるうちから、毎月正確にお父《とう》さんの有難味が少《すこ》しづゝ解《わか》る方《はう》が、何《ど》の位楽《らく》だか知れやしません」

（『明暗』より）

津田はちゃんとした職に就いていますが、贅沢病のため毎月、生活費が足りないのを父親に補助してもらっています。しかし、悪いとも思っていなくて、この言い草です。むしろ、お金はあるのにおやじはなぜあんなにケチなのかと怒りさえ感じています。彼も一種の高等遊民かもしれません。

033　一番面倒の起こるのは財産の問題

「君のうちに財産があるなら、今《いま》のうちに能《よ》く始末をつけて貰《もら》つて置《お》かないと不可《いけな》いと思ふがね、余計な御世話だけれども。君の御父《とう》さんが達者なうちに、貰《もら》うものはちやんと貰《もら》つて置《お》くやうにしたら何《ど》うですか。万一の事《こと》があつたあとで、一番面倒の起《おこ》るのは財産の問題だから」

（『心』より）

先生が主人公の私にする余計なお世話のアドバイスです。他人の家庭のことに普通、ここまで口出ししないでしょう。過去の経験がよほど痛切だったのだと察します。

034　絆よりもカネ

代助は次《つぎ》に、独立の出来る丈の財産が欲《ほ》しくはないかと聞かれた。代助は無論欲《ほ》しいと答へた。すると、父《ちゝ》が、では佐川の娘《むすめ》を貰《もら》つたら好《よ》からうと云ふ条件を付《つ》けた。

（『それから』より）

代助の父親は代助に、遊んで暮らせる身分をこのまま続けたければ、取引先の娘と結婚せよと命じます。お金の魔力は、親子の絆《きずな》など簡単に蝕《むしば》んでしまうのでしょうか。今はもっと世知辛い世の中になっているようです。

035　たかり

「何《ど》うか一《ひと》つ。私《わたし》も此年《このとし》になつて倚《か》かる子《こ》はなし、依怙《たより》にするのは貴方一人《あなたひとり》なんだから」

彼は自分の言葉遣《ばづかひ》の横着さ加減にさへ気《き》が付《つ》いてゐなかつた。それでも健三がむつとして黙《だま》つてゐると、凹《くぼ》んだ鈍《にぶ》い眼《め》を狡猾らしく動《うご》かして、じろ〳〵彼の様子を眺《なが》める事《こと》を忘れなかつた。

「是丈《これだけ》の生活《くらし》をしてゐて、十《じう》や二十《にじう》の金《かね》の出来《でき》ない筈《はづ》はない」

彼は斯《こ》んな事迄《こと》口《くち》へ出《だ》して云つた。

（『道草』より）

健三が育ての親の島田からたかられる場面です。健三はこの図々しい男にさんざん悩まされるうえ、きっぱりと断れないことを妻からも非難され、踏んだり蹴ったりなのです。

036　カネが人を変える

「金《かね》さ君。金《かね》を見《み》ると、どんな君子でもすぐ悪人《あくにん》になるのさ」

（『心』より）

これぞ、今も昔も変わらぬ金言です。お金を見ると、人は変わります。お金はいろいろのことを解決してくれる救世主の側面もありますが、あらゆる不幸をもたらす災いのタネでもあるのです。本当にそう思います。カネは災いの元、しかしカネのありがた味も確かにあります。資本主義はこの矛盾をエサに人の心を釣り、これまで延命してきたのかもしれません。

037　借財

小林は受《う》け取《と》つたものを、赤裸《あかはだか》の儘《まゝ》無雑作《むぞうさ》に脊広《せびろ》の隠袋《ポケツト》の中《なか》へ投《な》げ込《こ》んだ。彼の所作《しよさ》が平淡であつた如く、彼の礼《れい》の云ひ方《かた》も横着であつた。

「サンクス。僕は借《か》りる気だが、君は呉《く》れる積《つもり》だらうね。如何《いかん》となれば、僕に返《かへ》す手段のない事《こと》を、又返《かへ》す意志のない事《こと》を、君は最初から軽蔑の眼《め》をもつて、認《みと》めてゐるんだから」

（『明暗』より）

津田が縁戚の小林からお金をせびられる場面です。この後、曲者の小林は津田の面前でこのお金を貧しい絵描きに分け与えてしまいます。何となれば、これは額に汗して得られた重いお金ではなく、余裕が空中に吹き散らした浄財だからだそうです。『明暗』はお金の持つ様々な側面を描きます。『明暗』は世間の中の経済小説とも読めるかもしれません。

038　神聖な労働

「僕《ぼく》はそんなに儲《まう》けなくつても、いゝです。然《しか》し働《はたら》く事《こと》は働《はたら》くです。神聖《しんせい》な労働《らうどう》なら何《なん》でもやるです」

どてらの頬《ほゝ》の辺《あたり》には、はてなと云《い》ふ景色《けしき》が一寸《ちよつと》見《み》えたが、やがて、かの弓形《ゆみなり》の皺《しわ》を左右《さいう》に開《ひら》いて、脂《やに》だらけの歯《は》を遠慮《ゑんりよ》なく剝《む》き出《だ》した。さうして一種《しゆ》特別《とくべつ》な笑《わら》ひ方《かた》をした。あとから考《かんが》へるとどてらには神聖《しんせい》な労働《らうどう》と云《い》ふ意味《いみ》が通《つう》じなかつたらしい。

（『坑夫』より）

儲《もう》けさせてやるとしきりに言う周旋屋のどてらに対し、主人公が必死に抗弁する場面です。「神聖《しんせい》な労働《らうどう》」とか「やるです」とか、大真面目に訴えるところが愛嬌です。漱石はとにかく稼ぐことがへたな人間の肩を持ちます。逆に、目端がきいて稼ぎのうまい人間を好意的に書くことはありません。今日では、もう「神聖な労働」などという美辞は必要ありません。生存へのムチが、人を安い賃金で働かせる力になっているのですから。『坑夫』の時代よりひどい世の中になっているということです。

039　カネがつくる縁もある

「君、あの女には、もう返したのか」
「いゝや」
「何時《いつ》迄も借りて置いてやれ」

（『三四郎』より）

三四郎と与次郎の会話です。「あの女」とは美禰子《みねこ》のこと。与次郎に入用のお金を三四郎が美禰子から借りたのです。与次郎が「何時《いつ》迄も借りて置いてやれ」と言っているのは、お金は貸した者と借りた者の間に、ある関係を作るからです。お金の貸し借りは往々にしてアダになりますが、それが縁で緊密になる男女関係もあります。そんな経験をした覚えが確かにあります。お金は摩訶《まか》不思議です。

０４０　カネより欲しいものはなし

「みんな金《かね》が欲《ほ》しいのだ。そうして金《かね》より外《ほか》には何《なん》にも欲《ほ》しくないのだ」

（『道草』より）

これもまた金言です。金をたかられ、金のことで責められ、金に困っている健三の一種の絶叫ですが、カネ、カネ、カネの世の中はずっと続いているようです。

041　金持ちの苦労

成程実業家の勢力はえらいものだ、石炭の燃殻《もえがら》の様な主人を逆上させるのも、苦悶の結果主人の頭が蠅滑《はえすべ》りの難所となるのも、其頭がイスキラスと同様の運命に陥るのも皆実業家の勢力である。地球が地軸を廻転するのは何の作用かわからないが、世の中を動かすものは慥《たし》かに金である。

（『吾輩は猫である』より）

猫の観察です。実業家とは、苦沙弥先生と犬猿の仲の金満家の金田氏のこと。金田氏は生意気な苦沙弥先生を怒らせてやろうと、いろいろな嫌がらせをしかけてきているのです。「蠅滑《はえすべ》りの難所となる」「イスキラス（アイスキュロス）と同様の運命に陥る」とは、苦労しすぎて頭が禿《は》げることです。マネー資本主義と呼ばれる今日でも、金満家ほど株価の猫の目のような変化に一喜一憂し、悩みのタネが尽きないのかもしれません。

042　不安の旋風

彼《かれ》の頭《あたま》の中《なか》には職業の二字が大きな楷書《かいしよ》で焼き付《つ》けられてゐた。それを押《お》し退《の》けると、物質的供給の杜絶がしきりに踊り狂《くる》つた。それが影を隠《かく》すと、三千代の未来が凄《すさま》じく荒れた。彼《かれ》の頭《あたま》には不安の旋風《つむじ》が吹き込んだ。三つのものが巴《ともえ》の如く瞬時の休《やす》みなく回転した。

（『それから』より）

いよいよ「金」か「愛」かの選択に迫られることになった代助です。かつて彼は父親の頭上の「誠者天之道也」の標語を憎みましたが、今は変わって「職業」の二文字がそこに掛かっているわけです。最初は気障《きざ》で嫌みに感じられる代助ですが、多くの読者がよいほうへこのあたりから感情移入するようです。

043　愛の勝利者、カネの敗北者

兄《あに》の去つた後《あと》、代助はしばらく元の儘じつと動かずにゐた。門野《かどの》が茶器を取り片付《かたづ》けに来《き》た時、急に立《た》ち上《あ》がつて、

「門野《かどの》さん。僕は一寸《ちよつと》職業を探《さが》して来《く》る」と云ふや否や、鳥《とり》打帽を被《かぶ》つて、傘《かさ》も指《さ》さずに日盛《ひざか》りの表《おもて》へ飛び出した。

　代助は暑《あつ》い中《なか》を馳《か》けない許《ばかり》に、急《いそ》ぎ足に歩《ある》いた。日《ひ》は代助の頭《あたま》の上から真直《まつすぐ》に射下《おろ》した。乾《かは》いた埃《ほこり》が、火の粉《こ》の様に彼《かれ》の素足《すあし》を包《つゝ》んだ。彼《かれ》はぢり〳〵と焦《こげ》る心

持がした。
「焦《こげ》る〳〵」と歩《ある》きながら口《くち》の内《うち》で云つた。

（『それから』より）

物語のラストシーンです。三千代を選んだ代助は文無しになって、真夏の街に飛び出していきます。おしゃれだった彼が素足で、おそらく下駄履きで――。灼熱の日差しにあぶられ、目が回るように感じている彼は、さて、愛の勝利者でしょうか、それとも金の敗北者でしょうか。

この後に「自分の頭が焼け尽きる迄電車に乗つて行かうと決心した」という行からして、代助は、勝者でも敗者でもなく、地に足の着いた人間として生きていくことになると信じたいですね。印象深いシーンです。真人間になるための試練に主人公は挑戦しようとしているのです。

第四章　「人の心」は闇である【善悪】

私は最近、人間の「悪」とは何だろうという問題に興味を持っているのですが、その目で漱石の小説を眺めると、目を惹かれることがたくさんあります。

中でも『心』は気になります。

登場人物の「先生」は、過去にいわくがあって人間不信に陥り、世間に背を向けるようになった人です。それが、たまたま学生の「私」と知り合って交流するうちに、少しずつ心を開きはじめます。

そんなあるとき、先生が「私」に言うこのセリフには、ドキリとさせられます。

「悪《わる》い人間《にんげん》といふ一種の人間《にんげん》が世《よ》の中《なか》にあると君は思つてゐるんですか。……平生はみんな善人《ぜんにん》なんです、少《すく》なくともみんな普通の人間《にんげん》なんです。それが、いざといふ間際《まぎは》に、急に悪人《あくにん》に変《かは》るんだから恐《おそ》ろしいのです」

いざという間際に豹変《ひょうへん》する人間——とは、この文脈では、親切な顔を装って先生の財産を騙し取った親戚を指しています。しかしそれは表面的な意味で、小説全体をじっくり読むと、じつは先生自身のことなのではないかとも思えてくるのです。

先生には、愛する女性をわがものにするため、親友を出し抜き、死に追いやった暗い過去がありました。恋という魔物に取り憑《つ》かれ、われを失ってしまったのです。愚かしくも哀しい、悪の心です。

邪魔な恋敵がいなくなり、先生は晴れて彼女と夫婦になりました。けれどももはや幸福に酔うことはできません。それどころか、自分を途轍《とてつ》もない迷妄に走らせた彼女に対して、一転して憎しみに近い思いすら感じるようになります。

これもまた一種の悪の心です。

人の心が善のみで成り立っているなら、この世は平和でしょう。けれども、そう単純ではありません。「盗人にも三分の理」があり、可愛さも余れば憎さが一〇〇倍になるように、どんな善い人にも必ず裏の顔があって、ある瞬間、何かのきっかけによってくるりと反転します。時にはみずから陥穽《かんせい》に落ちることもある。別の言い方をすれば、善と悪の二つの要素があざなえる縄のごとく絡み合っているものを、人間と呼ぶのかもしれません。

先生の言う通り、完全な悪人という者もいなければ、完全な善人という者もいないのでしょう。最近頻発する悲惨な事件を見ても、そう思います。

『心』とは位相の違う小説ですが、『文鳥』などにも、私はある種の悪を感じます。美しい小鳥を籠に閉じ込め、気まぐれに愛し、飽きたら放置し、死んだら人のせいにして、凄《すさ》まじい癇癪《かんしやく》を起こす。人間の奥底に潜む得体の知れない何かをえぐった、ちょっと恐い話です。

漱石自身、おのれの黒い心と向き合っていた人かもしれません。悪の孕《はら》む引力と反発の微妙なヒダを漱石ほど繊細に描き出した作家はいないかもしれません。そこに魅力を感じるのです。

044　誰もが悪人である

悪《わる》い人間《にんげん》といふ一種の人間《にんげん》が世《よ》の中《なか》にあると君は思つてゐるんですか。そんな鋳型《かた》に入れたやうな悪人は世の中《なか》にある筈がありませんよ。平生はみんな善人《ぜんにん》なんです、少《すく》なくともみんな普通の人間《にんげん》なんです。それが、いざといふ間際《まぎは》に、急に悪人《あくにん》に変《かは》るんだから恐《おそ》ろしいのです。だから油断が出来《でき》ないんです。

（『心』より）

先生が私に言う思わせぶりな言葉です。いざという間際に悪人に変わるのは、私も含めて私たちの性《さが》なのかもしれません。誰しも心の中に悪のムシを飼っているのです。

045　嘘は必要

彼は腹《はら》の中《なか》で、嘘吐《うそつき》な自分を肯《うけ》がふ男であつた。同時に他人の嘘《うそ》をも根本的に認定する男であつた。それでゐて少しも厭世的にならない男であつた。寧《むし》ろ其反対に生活する事《こと》の出来《でき》るために、嘘《うそ》が必要になるのだ位に考へる男であつた。

（『明暗』より）

津田という食えない男の性格をよく表した文章です。「嘘《うそ》」も、漱石が人の心を考える上でこだわった要素の一つです。

046　人の心は移ろうもの

世間《せけん》には大変利口《たいへんりこう》な人物《じんぶつ》でありながら、全《まつた》く人間《にんげん》の心《こゝろ》を解《かい》してゐないものが大分《だいぶん》ある。心《こゝろ》は固形体《こけいたい》だから、去年《きよねん》も今年《ことし》も虫《むし》さへ食《く》はなければ大抵同《たいていおな》じもんだらう位《くらゐ》に考《かんが》へてゐるには弱《よわ》らせられる。

（『坑夫』より）

ひょんなことから鉱山へ向かうことになった主人公が道々考えたことです。確かに人の心は移ろうものです。また、ある日突然どこかへ拉《らっ》し去られたり、いきなり坂道を転げ落ちたりして、わずかの間に身も心も一変してしまうようなことも、案外多いのかもしれません。

047　正直者がバカを見る

考へて見ると世間の大部分の人はわるくなる事を奨励して居る様に思ふ。わるくならなければ社会に成功はしないものと信じて居るらしい。たまに正直な純粋な人を見ると、坊ちゃんだの小僧だのと難癖《なんくせ》をつけて軽蔑する。

（『坊っちゃん』より）

正直者がバカを見る。一本気でまっすぐな性格の人間ほど煙たがれる世の中です。でも、いいものはいいい、悪いものは悪いと言いたい。私の中にも葛藤はあります。

048　迷子——ストレイ、シープ

「迷子《まひご》」

女は三四郎を見た儘で此一言《ひとこと》を繰返《くりかへ》した。三四郎は答へなかつた。

「迷子《まひご》の英訳を知つて入《い》らしつて」

三四郎は知るとも、知らぬとも云ひ得ぬ程に、此問《とひ》を予期してゐなかつた。

「教へて上《あ》げませうか」

「え丶」

「迷える子《ストレイ、シープ》——解《わか》つて？」

（『三四郎』より）

美禰子が例によって意味深長な謎かけのようなことを言います。「ストレイ、シープ」はこの小説の大きなキーワードです。単純には、恋わずらいで右往左往している三四郎を揶揄した言葉です。が、ある意味においては、三四郎のような青年を弄《もてあそ》ばずにいられない美禰子自身の悪性な心をも指しているのでしょう。そして時代の中でさまよっている二人の姿でもあります。その迷える姿は、グローバル化とともに、いよいよ抜き差しならない所まで来ているようです。その姿は現在の東京に蝟集《いしゅう》する若者たちとダブって見えます。かつての上京したころの私がそうでした。

049　人に嫌がられるために生きる

「奥さん、僕は人《ひと》に厭《いや》がられるために生《い》きてゐるんです。わざ〳〵人《ひと》の厭《いや》がるやうな事《こと》を云つたり為《し》たりするんです。左《さ》うでもしなければ苦《くる》しくつて堪《たま》らないんです。生《い》きてゐられないのです。僕の存在を人《ひと》に認《みと》めさせる事《こと》が出来《でき》ないんです。

僕は無能です。幾《いく》ら人《ひと》から軽蔑されても存分な讐討《かたきうち》が出来《でき》ないんです。仕方がないから責《せ》めて人《ひと》に嫌《きら》はれてでも見ようと思ふのです。それが僕の志願なのです」

（『明暗』より）

小林が津田の留守宅を訪れ、お延《のぶ》に不吉な接近をする場面です。日頃他人に苦手意識を感じないお延も、小林には恐怖を感じます。上流階級に生まれ育ったお延はプライドを傷つけられることを何よりも怖《おそ》れますが、小林はまったくそれを怖れないからです。人間の心は一筋縄ではないと思われるセリフです。

050　嘘をつかずにはいられない

余は正直に生れた男である。然し社会に存在して怨まれずに世の中を渡らうとすると、どうも嘘がつきたくなる。正直と社会生活が両立するに至れば嘘は直ちにやめる積りで居る。

（『趣味の遺伝』より）

これも「嘘」についての言及です。「嘘も方便」というのはあまり感心しない言葉ですが、「嘘は絶対にいけない」というのも、必ずしも正しくないのでしょう。漱石は徳義に厳しい人でしたが、嘘についてはある意味、柔軟に考えていたように感じます。

051　相手を殺す言葉

「精神的に向上心のないものは馬鹿だ」

私は二度同じ言葉を繰《く》り返《かへ》しました。さうして、其言葉がKの上《うへ》に何《ど》う影響するかを見詰《みつ》めてゐました。

（『心』より）


Kがおのれの恋敵であることを知った先生は、Kを一撃で打ち倒すためにこの言葉を放ちました。寺の子に生まれ、精神修養に励んでいるKにとってはこの言葉がもっとも耳が痛いはずだと狙いすまし、残忍に攻撃したのです。先生の「心の闇」を深く感じる場面です。

052　正気と狂気

ことによると社会はみんな気狂の寄り合かも知れない。気狂が集合して鎬《しのぎ》を削つてつかみ合ひ、いがみ合ひ、罵り合ひ、奪ひ合つて、其全体が団体として細胞の様に崩れたり、持ち上つたり、持ち上つたり、崩れたりして暮して行くのを社会と云ふのではないか知らん。其中で多少理屈がわかつて、分別のある奴は却《かえ》つて邪魔になるから、瘋癲院《ふうてんいん》といふものを作つて、こゝへ押し込めて出られない様にするのではないかしらん。すると瘋癲院に幽閉されて居るものは普通の人で、院外にあばれて居るものは却《かえ》つて気狂である。

（『吾輩は猫である』より）

苦沙弥先生がおかしな世の中を見つめながら、かくつぶやきます。ものごとが正しいか誤りかの判断は、多数派の意見か少数派の意見かという、ただそれだけで決まっていることとが少なくありません。善人と思っている連中が、じつは悪人で、悪人と思われている人々が善人かもしれない。それほど、善と悪の判断は危ういし、社会が狂っていれば、正気の人間が狂っていると指弾されかねないのです。ジョージ・オーウェルの『１９８４』の世界を、すでに漱石はどこかで予見していたのでしょうか。

０５３　思わせぶりな言葉に気をつけろ

女はやゝしばらく三四郎を眺めた後《のち》、聞兼《ききかね》る程の嘆息《ためいき》をかすかに漏《も》らした。やがて細い手を濃い眉の上《うへ》に加へて、云つた。

「われは我《わ》が愆《とが》を知る。我が罪は常に我が前にあり」

聞き取れない位な声であつた。それを三四郎は明らかに聞き取つた。

（『三四郎』より）

美禰子の縁談が決まり、三四郎の失恋は決定的になりました。三四郎は美禰子が通っている教会に出かけていき、「結婚なさるさうですね」と言います。それに続くくだりです。「われは我《わ》が愆《とが》を知る……」は旧約聖書の言葉。美禰子の罪の意識のようなものがほの見えます。それにしても思わせぶりな言葉を吐く女性は禁物です。とはいえ、そんな女性に私も惹かれてしまうのですが。

054　不吉な囁《ささや》き

まあ見《み》て入《い》らつしやい、私《わたし》がお延さんをもつと奥《おく》さんらしい奥《おく》さんに屹度《きつと》育《そだ》て上《あ》げて見《み》せるから。

（『明暗』より）

黒い有閑マダム、吉川夫人の言葉です。彼女はお延が信じている夫婦相愛の理想が気に入りません。そこで、横槍《よこやり》を入れて津田と昔の恋人をくっつけようとします。津田に浮気をさせてお延のプライドを砕き、「奥さんらしい奥さん」に教育し直してやろうというのです。ぞっとするような悪魔のセリフとしか言いようがありません。

055　漱石先生にだって、悪の心はある

拳《こぶし》を籠《かご》から引《ひ》き出《だ》して、握《にぎ》つた手《て》を開《あ》けると、文鳥《ぶんてう》は静《しづか》に掌《てのひら》の上《うへ》にある。自《じ》分《ぶん》は手《て》を開《あ》けたまゝ、しばらく死《し》んだ鳥《とり》を見詰《みつ》めて居《ゐ》た。それから、そつと座布《ざぶ》

団《とん》の上《うへ》に卸《おろ》した。さうして、烈《はげ》しく手《て》を鳴《な》らした。

十六になる小女《こをんな》が、はいと云《い》つて敷居際《しきゐぎは》に手《て》をつかへる。自分《じぶん》はいきなり布団《ふとん》の上《うへ》にある文鳥《ぶんてう》を握《にぎ》つて、小女《こをんな》の前《まへ》へ抛《はう》り出《だ》した。小女《こをんな》は俯向《うつむ》いて畳《たゝみ》を眺《なが》めた儘《まゝ》黙《だま》つてゐる。自分《じぶん》は、餌《ゑ》を遣《や》らないから、とう〳〵死《し》んで仕舞《しま》つたと云《い》ひながら、下女《げぢよ》の顔《かほ》を睥《にら》めつけた。

（『文鳥』より）

漱石は鈴木三重吉から文鳥をもらいました。鳥は美しく、昔いわくのあった女をどこか思い出させ、最初はたいそうかわいがりました。しかし、次第に飽き、忙しさにかまけ、存在も忘れ、餌もやらなくなり、とうとう死なせてしまいました。漱石は冷たくなった死骸を見て粛然とします。そうして猛烈に逆切れします。何とも形容しがたい心の一断面を見る気がします。漱石ですら悪魔のような素顔を見せることがあるということでしょうか。それに近いものは私の中にあると認めざるをえません。

056　残酷さとは

「子供は何時迄経《いつまでた》つたつて出来《でき》つこないよ」と先生が云つた。奥さんは黙《だま》つてゐた。「何故《なぜ》です」と私が代りに聞いた時《とき》先生は「天罰だからさ」と云つて高く笑《わら》つた。

（『心』より）

これも先生の「心の闇」を強く感じさせる場面です。子供がいなくて淋しいという奥さんに、先生はこんな意地の悪い答えをしました。先生は奥さんにかなり残酷です。結局、Kとの間にあったことは最後まで教えず、奥さんを一人置き去りにして、この世を去っていくのです。

057　人間は、まとめにくい

本当《ほんたう》の人間《にんげん》は妙《めう》に纏《まと》めにくいものだ。神《かみ》さまでも手古《てこ》ずる位《くらゐ》纏《まと》まらない物体《ぶつたい》だ。

（『坑夫』より）

じつにその通りだと思います。この主人公はこうも言っています。「世《よ》の中《なか》には纏《まと》まりさうで、纏《まとま》らない、云《い》はゞ出来損《できそこな》ひの小説《せうせつ》めいたことが大分《だいぶん》ある」と。

第五章　「女」は恐い?!【女性観】

「犯罪の陰に女あり」とか、「女はヒステリックだ」とか、男女平等参画が常識のこの時代にこんな言葉を吐けば、きっと女性たちが目を剝《む》いて怒るに違いありません。ところが、漱石の小説世界では、この「非常識」がまかり通り、とかくカギを握るのは「女性」なのです。気になるヒロインがたくさん登場します。

漱石の描く女性には、共通した特徴がいくつかあります。三拍子で言うならば、一に色っぽくて淫らな美人、二に謎めいている、三に感情起伏が激しい、漱石の言葉を使えば、「歇私的里《ヒステリ》」――といったところです。どの女性も何を考えているのかわからないようなミステリアスなところがあって、男はいいように翻弄《ほんろう》されてしまいます。でも、じつは漱石は妄想の中ででも、そんな女性に翻弄されたいと願っていたのかもしれません。その気持ちは私にもよくわかる気がします。

その代表格は、『三四郎』のヒロインの美禰子でしょう。彼女の思わせぶりな態度に、田舎から出てきたばかりの三四郎は完全にやられ、いいようにやられます。

こんな具合です。

「三四郎は近頃《ちかごろ》女に囚《とらは》れた。恋人《こひびと》に囚《とら》はれたのなら、却《かへ》つて面白いが、惚《ほ》れられてゐるんだか、馬鹿にされてゐるんだか、怖《こわ》がつて可《い》いんだか、蔑《さげす》んで可《い》いんだか、廃《よ》すべきだか続《つゞ》けべきだか訳《わけ》の分《わか》らない囚《とら》はれ方《かた》である。三四郎は忌々《いまく》しく敷なつた」

何だよ——と、小癪《こしやく》に思いながら、どうすることもできないのです。その苛立《いらだ》ちはよくわかります。女性の中には、謎かけをするように媚《こ》びたポーズを取る小悪魔的なタイプがいるようです。私の学生時代の「心友」は、そんな女性にはまってどんなに傷ついたことか。今となってはなつかしい思い出です。恋はいつも惚《ほ》れたほうの負け。そういう地点へ相手をうまく誘い込むのが、漱石描くヒロインのお手並みなのです。

『行人《こうじん》』のお直や、『彼岸過迄』の千代子なども似たタイプです。『草枕』の那美や『虞美《ぐび》人草《じんそう》』の藤尾に至っては、「謎」というより「毒」と言ったほうが当たっているかもしれません。

その一方で、『それから』の三千代や、『門』の御米《およね》のようにはかなげな女性も、中にはいます。しかし、その彼女たちにしても、時として「『歇私的里』的発作」に襲われて、主人公の男たちがたじたじとなるような強い言葉を発するときがあるのです。たとえば、『それから』の主人公の代助は友人の妻である三千代に愛の告白をしますが、内心は相当迷っています。これに較《くら》べて三千代のほうは腹が据わって毅然《きぜん》としています。その彼女が言う言葉が、これです。

「仕様がない。覚悟を極《き》めませう」

代助は水をかぶったように震えます。

これらを要するに、漱石にとって女は恐いものだったということができそうです。漱石の弟子であった芥川龍之介の『侏儒《しゆじゆ》の言葉』に「人生は一箱のマッチに似ている。重大に扱うのは莫迦々々しい。重大に扱わなければ危険である」という言葉がありますが、漱石にとって女は、一箱のマッチどころか、取扱い注意の火薬といったところでしょうか。うかつに触ると大怪我《おおけが》をしそうな危険物なのです。

実生活の漱石はかなり真面目で、浮気などはほとんどしたことのなかった人だったようです。してみると、作家の想像力はすごいということになりますが、もしかしたら実生活で品行方正だったぶんだけ、頭の中では幾倍にも妄想が肥大して、比類なく魅惑的な小悪魔が描けたのかもしれません。そんな妄想の力は私にはないですし、あれば、私もいっぱしの作家になっていたかもしれません。

そしてまた別の言い方をするならば、漱石がもっとも恐れていたのは女性ではなく、そういう女性にのめり込んでしまいそうな自分自身だった――、のかもしれません。

058　女は恐ろしい

「女は恐ろしいものだよ」と与次郎が云つた。

「恐ろしいものだ、僕も知つてゐる」と三四郎も云つた。すると与次郎が大きな声で笑ひ出した。静かな夜《よる》の中《なか》で大変高く聞える。

「知りもしない癖に。知りもしない癖に」

三四郎は憮然としてゐた。


（『三四郎』より）

三四郎と悪友の与次郎が、女をめぐっておかしな見栄の張り合いをしています。二人とも必死で知ったかぶりをしています。この張り合い、よくわかりますね。青くさい恋愛論や女性観を、さも自慢げに吹聴していた学生時代の姿が浮かんで恥じ入るばかりです。

059　修羅場に強いのは女のほう

「貴方《あなた》に是《これ》から先何《さきどう》したら好《い》いと云ふ希望はありませんか」と聞いた。

「希望なんか無《な》いわ。何《なん》でも貴方《あなた》の云ふ通りになるわ」

「漂泊《はく》――」

「漂泊でも好《い》いわ。死ねと仰《おつ》しやれば死ぬわ」

代助は又竦《ぞつ》とした。

「此儘《このまゝ》では」

「此儘《このまゝ》でも構はないわ」

「平岡君は全く気が付《つ》いてゐない様ですか」

「気が付《つ》いてゐるかも知れません。けれども私《わたくし》もう度胸を据ゑてゐるから大丈夫なのよ。だつて何時《いつ》殺《ころ》されたつて好《い》いんですもの」

「さう死ぬの殺されるのと安《やす》つぽく云ふものぢやない」

「だつて、放《ほう》つて置《お》いたつて、永《なが》く生きられる身体《からだ》ぢやないぢやありませんか」

代助は硬《かた》くなつて、竦《すく》むが如く三千代を見詰めた。三千代は歇私的里《ヒステリ》の発作《ほつさ》に襲《おそ》はれた様に思ひ切つて泣《な》いた。


（『それから』より）

優柔不断の代助が、友人の妻の三千代に愛の告白をした場面です。覚悟を決められない代助は、この期に及んでも波風の立たぬことをどこかで願っています。しかし、三千代はすべてを捨てる覚悟です。それを知って、代助は情けなくもちょっとびびっているのです。私の経験からも、修羅場に強いのは女性ではないでしょうか。

060　女は「憐れ」が最大の魅力

「藤尾が一人《ひとり》出ると昨夕《ゆふべ》の様な女を五人殺します」

（『虞美人草』より）

甲野青年が妹の藤尾を評した言葉です。「殺す」とは穏やかではありませんが、彼女は非常に高慢ちきで、ライバルを見つけるとぐうの音も出ぬほどやり込めるのです。世の中には美女であっても、「憐れ」を感じさせない享楽的な女性がいるものです。でも、美女でなくて、「憐れ」を感じさせないのは最悪だ――漱石ならきっとそう言うでしょう。

061　女は度胸、男は愛嬌

千代子が風《かぜ》の如く自由に振舞《ふるま》ふのは、先《さき》の見えない程強い感情が一度に胸《むね》に湧き出るからである。彼女は僕の知つてゐる人間《にんげん》のうちで、最も恐れない一人《いちにん》である。

（『彼岸過迄』より）

　ここには、自由闊達《かつたつ》で本能的な女性と、それと対照的な、ぐずぐずと頭で考えるタイプの男性が描かれています。「女は度胸、男は愛嬌」というのは、とっくに一〇〇年も前から始まっていたのかもしれません。

062　矛盾に満ちている女ほど、男を惹きつける

軽侮の裏に、何となく人に縋《すが》りたい景色が見える。人を馬鹿にした様子の底に慎み深い分別がほのめいてゐる。才に任せ、気を負へば百人の男子を物の数とも思はぬ勢の下から温和《おとな》しい情けが吾知らず湧いて出る。どうしても表情に一致がない。悟りと迷が一軒の家に喧嘩をしながらも同居して居る体《てい》だ。

（『草枕』より）

若き画工の主人公が春の山里で出会った美女、那美の形容です。私はどちらかというと、こうした矛盾を抱えた女性が好きです。二つの魂に引き裂かれながら、何とかそれを一つにしようとする健気な努力が奥ゆかしいほど、女性の魅力は増すようです。

０６３　肉食の女が、最後に勝利する

「誰《だれ》でも構《かま》はないのよ。たゞ自分で斯《か》うと思ひ込《こ》んだ人《ひと》を愛するのよ。さうして是非其人《ひと》に自分を愛《あい》させるのよ」

（『明暗』より）

ヒロインお延の恋愛哲学です。こんな勇敢な「愛の戦士」の前では、私もたじたじになり、かなわないと思うに違いありません。受け身ではなく、積極的に男にモーションをかけ、自分好みに男を変えていく女性。何と新しく強い女性でしょうか。

０６４　一目惚れの秘密

三四郎は茫然《ぼんやり》してゐた。やがて、小《ちい》さな声で「矛盾だ」と云つた。大学の空気とあの女が矛盾なのだか、あの色彩とあの眼付が矛盾なのだか、あの女を見て、汽車の女を思ひ出したのが矛盾なのだか、それとも未来に対する自分の方針が二途《ふたみち》に矛盾してゐるのか、又は非常に嬉しいものに対して恐を抱く所が矛盾してゐるのか、——この田舎出《いなかで》の青年には、凡て解《わか》らなかつた。たゞ何だか矛盾であつた。

（『三四郎』より）

故郷の熊本から上京したての三四郎が、帝大の池のほとりで初めて美禰子に逢ったときの心境です。三四郎と同じように、熊本から上京した私も、人目惚れの経験がありました。一目惚れの一瞬、すべてが矛盾に思えたものです。その意味で三四郎はかつての私の分身のような青年です。

065　女の本心が見えないということ

嫂《あによめ》は何処《どこ》から何《ど》う押《お》しても押《お》しやうのない女《をんな》であつた。此方《こつち》が積極的《せききよくてき》に進《す》むと丸《まる》で暖簾《のれん》の様《やう》に抵抗《たわい》がなかつた。仕方《しかた》なしに此方《こつち》が引《ひ》き込《こ》むと、突然変《とつぜんへん》な所《ところ》へ強《つよ》い力《ちから》を見《み》せた。其力《そのちから》の中《うち》には到底《とて》も寄《よ》り付《つ》けさうにない恐《おそ》ろしいものもあつた。

（『行人』より）

兄一郎の妻、お直に対する、弟二郎の観察です。このお直のような、感情の起伏がわからない、本性の見えにくい女性は苦手です。やはり本心を外連味《けれんみ》なく吐露してくれる女性が好きですね。

０６６　ヒステリーのとらえ方

「貴夫《あなた》がさう邪慳《ぢやけん》になさると、また歇私的里《ヒステリ》を起《おこ》しますよ」
細君の眼《め》からは時々《ときぐ〳〵》斯《こ》んな光《ひかり》が出た。何《ど》ういふものか健三は非道《ひど》くその光《ひかり》を怖《おそ》れてゐた。

（『道草』より）

健三とお住は、漱石と鏡子夫婦をモデルにしているとされます。お住は、ときおり手に負えないヒステリーの発作を起こします。健三、つまり漱石は、その発作を恐れていたようですが、ヒステリーは、か弱い女性の自己防衛の反応だったのかもしれません。それほど女性は男性より不利な立場に押し込められていたということでしょうか。

067　女は役者である

あの女を役者にしたら、立派な女形が出来る。普通の役者は、舞台へ出ると、よそ行きの芸をする。あの女は家《いへ》のなかで、常住芝居をして居る。しかも芝居をして居るとは気がつかん。自然天然に芝居をして居る。あんなのを美的生活とでも云ふのだらう。

（『草枕』より）

画工による那美の評です。すべての立ち居ふるまいが作為的で芝居がかって見えるにもかかわらず、天然自然のようにふるまえる女性《ひと》がいるようです。彼女の立ち居ふるまいはすべて芝居がかっていると彼は言います。しかし、女性は誰でも多かれ少なかれ、そういうところがあるのではないでしょうか。いや、最近は男もそうでしょうか。

068　嫉妬が愛の幻想を作り出す

「あなた夫程高木さんの事《こと》が気になるの」

彼女は斯《か》う云つて、僕が両手で耳を抑《おさ》へたい位な高笑《たかわら》ひをした。僕は其時鋭どい侮辱《ぶじよく》を感じた。けれども咄嗟の場合何《なん》といふ返事も出《だ》し得なかつた。

「貴方《あなた》は卑怯だ」と彼女が次《つぎ》に云つた。

（『彼岸過迄』より）

男女の愛は複雑ですね。三角関係になればなるほど燃え上がり、それが二人だけになると急に冷めてしまう。嫉妬が愛の幻想を作り出すのかもしれません。

069　自己主張する女

「あの女は落ち付いて居て、乱暴だ」と広田が云った。
「え丶乱暴です。イブセンの女の様な所がある」

（『三四郎』より）

美禰子のことを広田先生と与次郎が噂《うわさ》し合っています。イブセンは当時、『人形の家』などで社会性に目覚めた女性を描いて注目されていました。私には、美禰子のような自己主張を恐れない新しいタイプの女性は魅力的に見えます。

０７０　平和な男女関係とは

「あら本当《ほんたう》よ二郎《じらう》さん。妾《あたし》死《し》ぬなら首《くび》を縊《く》つたり咽喉《のど》を突《つ》いたり、そんな小刀《こがたな》細工《ざいく》をするのは嫌《きらひ》よ。大水《おほみづ》に攫《さら》はれるとか、雷火《らいくわ》に打《う》たれるとか、猛烈《まうれつ》で一息《ひといき》な死方《しにかた》がしたいんですもの」

（『行人』より）

　二郎とお直は旅先の宿で台風に降り籠められてしまいました。そのとき、猛烈な暴風の音を聞きながらお直が言った言葉です。大胆な女性と、それにたじろぐ男。この組み合わせは、もしかしたら「平和な」男女関係かもしれません。

071　死のイメージ

「私が身を投げて浮いて居る所を――苦しんで浮いてる所ぢやないんです――やすく〱と往生して浮いて居る所を――奇麗な画にかいて下さい」

「え？」

「驚ろいた、驚ろいた、驚ろいたでせう」

女はすらりと立ち上る。三歩にして尽くる部屋の入口を出るとき、顧みてにこりと笑つた。茫然たる事多時。

（『草枕』より）


那美のお得意の狂言的発言です。画工が訪れた山里には身投げ伝説の池があるのです。画工はオフィーリアの図を思い浮かべます。どうやら漱石には水と女性の結びつきがロマンを掻《か》き立てるようです。水は生命の源であると同時に、反対に死のイメージもあるのでしょうか。画家ミレーのオフィーリアの図に対する漱石の偏愛ぶりは相当なものだったようです。私にはそんなにいい作品には思えないのですが。

072　最高の女とは

那美さんは茫然として、行く汽車を見送る。其茫然のうちには不思議にも今迄かつて見た事のない「憐れ」が一面に浮いてゐる。

「それだ！　それだ！　それが出れば画になりますよ」

と余は那美さんの肩を叩きながら小声に云つた。余が胸中の画面は此咄嗟の際に成就したのである。

（『草枕』より）

この場面に漱石が求めた最高の女性らしさがよく表れています。謎めいて淫らな女性、しかし「憐れ」が浮いているような女性。これが漱石好みの理想の女性なのでしょう。私もまったく同じですね。

第六章　「男」は男らしくない?!【男性観】

「女性観」に続いて「男性観」です。男は女に較べると華やかさに欠け、論じられることも少ないようですが、改めて注目してみると、それはそれでなかなか面白いのです。

女性たちに一定の類型があったように、男性たちにもやはりある種の類型があります。こちらも三拍子で評しますと、一に学歴がありそれなりにインテリ、二に社会的にはどちらかというと役立たず、三に煮え切らない優柔不断——といったところです。

漱石の男たちは、とにかく高学歴で、それなりにインテリです。『吾輩は猫である』の珍野《ちんの》苦沙弥や友人の美学者の迷亭、理学者の寒月など、みんな高学歴で、世間ではインテリと見なされている男たちです。『三四郎』の三四郎もぽっと出の「田舎者」とはいえ、帝大生ですし、『それから』の代助や『門』の宗助、さらに『心』の先生や「私」も、当時で言えば、エリートと見なされる帝大卒のインテリの男たちです。

また『行人』の一郎などは、大学教師の肩書きを持っています。

このタイプからややズレるのは、『坊っちゃん』の主人公かもしれません。むしろ、『坊っちゃん』は例外と言ってもいいくらいです。

そんな高学歴でインテリの男たちですから、当然、社会に役立つ、有為の人材かというと、それが怪しいのです。むしろ、逆に、「役立たず」と言っても言い過ぎではありません。

これらの男たちは、時には太平の逸民であり、親にパラサイトする「高等遊民」であり、あるいは遺産を食いつぶして生きる「プー太郎」と言ってもいいくらいです。

その上、これらの男たちの多くが、煮え切らない、要するに「男らしく」ない、「とほほ……」と言いたくなるようなキャラばかりなのです。

その代表格は、『それから』の代助でしょう。あれやこれやと言い訳をして決断を回避し、最後の最後まで行動を起こしません。漱石は彼を「優柔の生れ付《つき》」と断じています。優柔というのは優柔不断の今風の略語かと思っていたのですが、漱石のころからあったようです。一つ勉強しました。

三四郎もしかりです。代助と違って三四郎は初心《うぶ》で厭味《いやみ》のない好青年ですが、どうにも線が細く頼りない。こちらが手を貸してやりたくなるほどです。宿屋で同室をあてがわれた女性にさんざん守りの姿勢を見せて、「あなたは余っ程度胸のない方《かた》ですね」と喝破される場面などは、ほんとにおかしくて吹き出してしまいます。

彼らだけではありません。『心』の先生も、『行人』の一郎も、『彼岸過迄』の須永も、ことごとく内向的なウジウジ虫です。たまにそうでないタイプがいるかと思ったら、自己中心的な内弁慶だったり、見栄っ張りの策士だったり。

つまるところ——、漱石描く男たちは、「男らしくない」のです。スカッと爽快な主人公は、ごく初期の『坊っちゃん』の主人公だけと言っても過言ではありません。

しかし、こうしたしゃきっとしていない男たちの姿こそが、灰色の世界の中でまどろんでいた思春期の私の心をつかんで離さなかったのです。彼らのうじうじ、ぐずぐずした、カッコよくない姿は、私の未来を暗示しているように思えたのです。

073　二枚目の正体

彼は元来が何方付《どっちつ》かずの男であつた。誰《だれ》の命令も文字通りに拝承した事のない代りには、誰《だれ》の意見にも露《むき》に抵抗した試がなかつた。解釈のしやうでは、策士の態度とも取れ、優柔の生れ付《つき》とも思はれる遣口《やりくち》であつた。

（『それから』より）

代助は富裕な実業家の御曹司で、大卒のエリートです。頭脳明晰《めいせき》で、社会に対する批評眼もあります。社交もへたではありません。にもかかわらず趣味に淫し、仕事に就かない「高等遊民」です。こんな骨のない、クラゲのような男は、二枚目が多いようです。私も一時期「高等遊民モドキ」のような状態に陥ったことがありますが、三枚目でした。

074　チャンスを逃すとき

三四郎は革鞄《かばん》と傘《かさ》を片手に持つた儘、空《あい》た手で例の古《ふる》帽子を取つて、只《たゞ》一言《ひとこと》、「左様《さよ》なら」と云つた。女は其顔を凝《じつ》と眺《なが》めてゐたが、やがて落付いた調子で、「あなたは余つ程度胸のない方《かた》ですね」と云つて、にやりと笑つた。三四郎はプラツト、フオームの上へ弾《はぢ》き出された様な心持がした。

（『三四郎』より）

三四郎は熊本から上京する途次、宿屋で見知らぬ女性と同室にされてしまいます。これはまんじりともせず夜が明けた後の、駅での別れの場面です。少年のころ、年上のお姉さんのような、グラマラスな女性に憧れた記憶があります。彼女ならきっとこんな言葉を吐いたかもしれません。世慣れた女性の前では男は形なしですね。

075　見栄っ張り

自分《じぶん》の器量《きりやう》を下《さ》げる所《ところ》は、誰《たれ》にも隠《かく》したいが、ことに女《をんな》には隠《かく》したい。女《をんな》は自分《じぶん》を頼《たよ》る程《ほど》の弱《よわ》いものだから、頼《たよ》られる丈《だけ》に、自分《じぶん》は器量《きりやう》のある男《をとこ》だと云《い》ふ証拠《しようこ》を何処迄《どこまで》も見《み》せたいものと思《おも》はれる。結婚前《けつこんまへ》の男《をとこ》はことに此《こ》の感《かん》じが深《ふか》い様《やう》だ。

（『坑夫』より）

見栄っ張りの男なら、誰しも持っている意地のようなものです。私も若干、この部類の男に属しているようです。この程度なら可愛《かわい》らしいと言えるかもしれません。

076　男の「憐れ」は単なる嫌み

「先生は何故《なぜ》あゝやつて、宅《うち》で考へたり勉強したりなさる丈で、世の中《なか》へ出《で》て仕《し》事《ごと》をなさらないんでせう」

「あの人《ひと》は駄目《だめ》ですよ。さういふ事《こと》が嫌《きらひ》なんですから」

「つまり下《くだ》らない事《こと》だと悟《さと》つてゐらつしやるんでせうか」

「悟《さと》るの悟《さと》らないのつて、――そりや女だからわたくしには解《わか》りませんけれど、恐らくそんな意味ぢやないでせう。矢《や》っ張《ぱ》り何《なに》か遣《や》りたいのでせう。それでゐて出来《でき》ないんです。だから気の毒ですわ」

（『心』より）

先生は、過去にゆえあって厭世《えんせい》的な引、き、こ、も、り、になってしまった人です。その理由をあれこれ忖度《そんたく》する学生の私と奥さんの会話です。奥さんの口ぶりの中には、何となく憐れみのニュアンスが漂っています。憐れを感じさせる女性はそれだけ不幸にも見え、同情を誘いますが、男となると、逆に嫌みすら感じてしまうのはどうしてでしょうか。

077　ホームシック

三四郎が凝《じっ》として池の面《おもて》を見詰めてゐると、大きな木が、幾本となく水の底に映《うつ》つて、其又底に青い空が見える。三四郎は此時電車よりも、東京よりも、日本よりも、遠く且つ遥かな心持がした。然ししばらくすると、其心持のうちに薄雲《うすぐも》の様な淋《さみ》しさが一面に広《ひろ》がつて来《き》た。さうして、野々宮君の穴倉に這入つて、たつた一人《ひとり》で坐《すは》つて居るかと思はれる程な寂寞を覚えた。

（『三四郎』より）

少々ホームシックにかかっている三四郎青年です。このホームシックの感じはよくわかります。私も熊本から上京したころ、そうした心が侘《わび》しくなる気持ちに浸ったものです。それは、ノスタルジーに近い感情でした。でも私はそうした寂寥《せきりよう》感が好きでした。この感覚は、どこかで青年の漂うような不安定さと結びついているのかもしれません。大人になるということは、そうした感覚を忘れていくことなのでしょうか。むしろそれが淋しいですね。

078　最強の「自己愛」

「あの男は日本中《ぢう》の女がみんな自分に惚れなくつちやならないやうな顔付《かほつき》をして

ゐるぢやないか」

（『明暗』より）

お延の実家の岡本の叔父が、このように津田を評しました。津田の特徴はふてぶてしい自己愛者であることです。こんな見上げた自己愛を持てればどんなにいいでしょう。私はむしろ自己嫌悪が勝っているほうなので、とうていこんなふうにはなれません。でも過剰な自己愛に凝り固まった男は危険であると同時に無敵なのかもしれません。

079　おしゃれは大事

彼は必要があれば、御白粉《おしろい》さへ付《つ》けかねぬ程に、肉体に誇《ほこり》を置く人である。彼の尤《もつと》も嫌ふのは羅漢《らかん》の様な骨骼《こつかく》と相好《さうごう》で、鏡に向ふたんびに、あんな顔に生《うま》れなくつて、まあ可《よ》かつたと思ふ位である。其代り人から御洒落《おしやれ》と云はれても、何の苦痛も感じ得ない。それ程彼は旧時代の日本を乗り超えてゐる。

（『それから』より）

暇さえあれば鏡に見入り、化粧さえしかねない――。今では男性のエステも男性の着道楽も珍しくありません。多分に、漱石もおしゃれで自分の外見や服装には人一倍気をつかったようです。私もその点では同じです。質実剛健でなければと思いつつ、身嗜《みだしな》みに神経をつかう男たち。そうした男たちは、嫌みな反面、より「平和的」で、シャイな性格の持ち主なのかもしれません。

080 日和見

僕は強い刺戟に充ちた小説を読むに堪《た》へない程弱い男である。強い刺戟に充ちた小説を実行する事《こと》は猶更出来ない男である。（『彼岸過迄』より）

ここにみずからの「日和見性《ひよりみ》」を吐露する須永という男の姿は、万事、争い事を避けたがる私の性格の一部を言い当てているようで、はっとします。ただ私の中には、どこかで荒ぶる心もあって、退嬰《たいえい》的な日和見を嫌悪する気持ちも強いようです。その点で、私は須永とは違うのかもしれません。

081　男は不人情なもの

四五日前《まへ》少し強い地震《しん》のあつた時《とき》、臆病な彼はすぐ縁から庭へ飛び下《お》りた。彼が再び座敷《ざしき》へ上《あが》つて来《き》た時《とき》、細君は思ひも掛《か》けない非難を彼の顔《かほ》に投《な》げ付《つ》けた。

「貴夫《あなた》は不人情ね。自分一人《ひとり》好《よ》ければ構《かま》はない気なんだから」

（『道草』より）


ふだん亭主関白な夫が、非常時になるとわれがちに逃げ出して、家族の軽蔑を買う。ありがちなケースです。まるで日常の場面での私の姿の一面を揶揄されているようでドキッとします。漱石もそうだったから、抜かりなくこんな場面を描けたのでしょう。

082　行くか、引くか

僕も男だから是から先《さき》いつ何《ど》んな女を的《まと》に劇烈な恋《こひ》に陥らないとも限《かぎ》らない。然し僕は断言する。若《も》し其恋《こひ》と同じ度合《どあひ》の劇烈な競争を敢てしなければ思ふ人が手に入らないなら、僕は何《ど》んな苦痛と犠牲を忍んでも、超然と手を懐ろにして恋人《こひびと》を見棄てゝ仕舞ふ積でゐる。

（『彼岸過迄』より）

超然と懐ろ手して、恋人を見棄てる——。臆病とも気弱とも違う複雑な心性です。もっともふさわしい形容をするとしたら、見栄っ張りでしょうか。負けるくらいなら最初から勝負しないでは物足りないですね。恋は「盲目」、負けるとわかってもチャレンジしたいですね。

083　度胸のなさについて

彼は黒《くろ》い夜《よ》の中《なか》を歩《あ》るきながら、たゞ何《ど》うかして此心《このこゝろ》から逃《のが》れ出《で》たいと思《おも》つた。其心《こゝろ》は如何《いか》にも弱くて落付《おちつ》かなくつて、不安で不定で、度胸がなさ過《す》ぎて希知《けち》に見えた。彼は胸《むね》を抑えつける一種の圧迫の下《もと》に、如何《いか》にせば、今《いま》の自分を救《すく》ふ事《こと》が出来るかといふ実際の方法のみを考へて、其圧迫の原因になつた自分の罪や過失は全く此結果から切《き》り放《はな》して仕舞《しま》つた。其時の彼《かれ》は他《ひと》の事《こと》を考へる余裕を失つて、悉《ことごと》く自己本位になつてゐた。

（『門』より）

過去に裏切った友の消息が一〇年ぶりかでわかり、宗助はすっかり精神不安定に陥ってしまいます。悩んだあげく、禅寺の門を敲《たた》きます。自分だけ救われようという考えは了見が狭いですが、それくらい苦しく、耐えがたかったのです。「度胸がなさ過《す》ぎて希知《けち》」という言い方が面白いですね。

084　二重人格

兄《あに》は学者《がくしや》であつた。又見識家《またけんしきか》であつた。其上詩人《そのうへしじん》らしい純粋《じゆんすゐ》な気質《きしつ》を持《も》つて生《うま》れた好《よ》い男《をとこ》であつた。けれども長男丈《ちやうなんだけ》に何処《どこ》か我儘《わがまゝ》な所《ところ》を具《そな》へてゐた。自分《じぶん》から云《い》ふと、普通《ふつう》の長男《ちやうなん》よりは、大分甘《だいぶあま》やかされて育《そだ》つたとしか見《み》えなかつた。自分許《じぶんばかり》ではない、母《はゝ》や嫂《あによめ》に対《たい》しても、機嫌《きげん》の好《い》い時《とき》は馬鹿《ばか》に好《い》いが、一旦《たん》旋毛《つむじ》が曲《まが》り出《だ》すと、幾日《いくか》でも苦《にが》い顔《かほ》をして、わざと口《くち》を聞《き》かずに居《ゐ》た。それで他人《たにん》の前《まへ》へ出《で》ると、また全《まつた》く人間《にんげん》が変《かは》つた様《やう》に、大抵《たいてい》な事《こと》があつても滅多《めつた》に紳士《しんし》の態度《たいど》を崩《くず》さない、円満《えんまん》な好侶伴《かうりよはん》であつた。

(『行人』より)

弟二郎による、兄一郎の形容です。学もあり、家もそこそこよい、長男の何とも言えない軟弱な感じがよくわかります。最近も、この手合いはよくあるのではないでしょうか。二重人格的に外面だけはよいというところもリアルです。一郎ほどではないにしても、私の中にも多分にそうした面がないわけではありません。ただ今では、内と外を分けるような見栄はほとんどなくなっています。淡々と生きたい、それが私の願いになっているからでしょうか。

085　男はみんな未練がましい

「男らしくするとは？　――何《ど》うすれば男らしくなれるんですか」

「貴方《あなた》の未練を晴《はら》す丈でさあね。分《わか》り切《き》ってるぢやありませんか」（『明暗』より）

津田と上司の妻の有閑マダム、吉川夫人の会話です。「未練」も漱石描く男たちの一つの特徴です。未練がましい大人はカッコよくないかもしれません。とりわけ未練たっぷりな男性はいただけません。それでも未練を晴らせず、じっとそれを腹にしまい込んで、朗らかに生きる姿は健気に違いありません。

第七章　「愛」は実らぬもの?!　【恋愛観】

ずばり言って、漱石の描く男女にはセオリーのようなものがあります。

それは――、「恋愛は成就しない」というものです。

と、言ってしまうと身も蓋もないのですが、事実、漱石の描く男女は順調に結ばれることはめったにありません。失恋、不義、喧嘩《けんか》、倦怠《けんたい》、惰性。いわゆるバッドエンドのものばかりです。ほんわかした普通の恋愛小説を読みたい方には、あまりおすすめできなかったりします。

中でも多い類型は、「不倫の恋」です。

人の妻に懸想する。あるいは、友達の恋人を略奪する、道ならぬ恋です。

この意味では漱石は、「姦通小説《かんつう》」の伝統に棹《さお》さしているのでしょうが、姦通や不貞、不義など、ろくなのはありません。それらは、今日ではほとんど死語に等しい扱いを受けているはずです。

でも、漱石にとって、叶《かな》わぬ男女の愛こそ、じつは本物の愛なのかもしれません。そこには、アーサー王伝説に拠《よ》った初期の「薤露行《かいろこう》」に見られるような、近代の性愛文学の系譜に対する強い反措定――中世の宮廷愛に対する憧れが、あるように思えてなりません。

というわけで、耽美《たんび》的な男女の肉欲よりも、思わせぶりな「チラリズム」がちりばめられている点も、そんなところから理解できるはずです。

漱石が描く男女の道ならぬ愛は、成就するまでの過程はものすごく燃え上がりますが、成就したとたん、恐怖の念にかられたり、悔悟の嵐に襲われたりして、すーっと冷めてしまいます。あたかも使い捨てカイロの使用時間が超過したかのように――。

たとえば、『門』の宗助と御米などが典型です。もっとも、灰の残り火を、身を寄せ合って分かち合うような二人の夫婦愛は、孤独な時代のもっとも昇華された愛の形なのかもしれませんが。

もう一つ多い類型は、「ぎくしゃくした夫婦関係」です。

夫婦が心を通い合わせられず、破綻寸前の状態でからくも関係を続けます。こちらは、『行人』の一郎とお直や、『道草』の健三とお住などが好例です。ことに一郎の妻に対する疑心暗鬼は凄まじく、弟に頼んで誘惑させ、節操を試そうとまでします。そのありようは常軌を逸していて笑いさえ誘われますが、当人は大真面目なのだから深刻です。

では、漱石はなぜそんな不幸な恋愛観を持ったのでしょう。

中世の宮廷愛に対する尋常ならざる嗜好《しこう》があったからでしょうが、それも漱石の中には男尊女卑とまではいかなくても、女性に対する根本的な不信のようなものがあって、男と女の間には対等な関係は築きえないという思い込みがあったからかもしれません。

では、それを補完するものをいずこに求めたかというと――、友愛です。

異性との恋愛ではなく、同性との友情の中に、漱石は理想を見出していたようです。その端的な例が、『心』です。『心』の「先生」は、異性である妻とは最後まで溶け合えませんでしたが、同性の「私」にはすべてを投げ出しました。男女の愛と同性の友情。漱石にとって男女の愛は、人間を不自由にし、男同士の友情は、人間を自由にすると思われていたのかもしれません。しかも男女関係には番狂わせがあるのに、友人関係にはまったく違ったレベルの二人が結びつくことがないとすれば、同性の友情のほうが漱石には好ましく思えたのでしょう。私も学生時代、無二の親友、というより「心友」ができて、友情というものの貴さを実感しました。男女の愛と同性の友情に恵まれた男は最も幸福《しあわせ》なのかもしれません。

086　恋の炎が消え、子育ても終わったとき

彼等は夫程の年輩でもないのに、もう其所《そこ》を通り抜《ぬ》けて、日毎《ひごと》に地味《ぢみ》になつて行く人の様にも見えた。又は最初から、色彩《しきさい》の薄《うす》い極めて通俗の人間が、習慣的に夫婦の関係を結ぶために寄り合《あ》つた様にも見えた。

（『門』より）

宗助と御米は友人を裏切って一緒になった夫婦です。一時燃え上がった炎が大きいだけに、その後は隠花植物のように、その友の影から身を守るようにして肩を寄せ合い、息をひそめて暮らしているのです。子ダネに恵まれない夫婦のひっそりとした愛の形が描かれていて、還暦を過ぎた今、じぃーんと心に沁《し》みるような場面です。

087　恋は罪悪、この感覚が案外大事

とにかく恋は罪悪ですよ、よござんすか。さうして神聖なものですよ。

（『心』より）

恋は罪悪である——。先生が繰り返し言う、思わせぶりなセリフです。警告のようでもあり、脅迫のようでもあります。でも、男と女が付いたり離れたり、自由にできるようになった現在、こんなセリフは時代遅れのように響くかもしれません。とはいえ、恋愛からアウラ（オーラ）がなくなってしまうことは、むしろ不幸なことではないでしょうか。

088　対等関係

「いゝかい。男と女が引張《ひつぱ》り合《あ》ふのは、互《たがひ》に違《ちが》つた所《ところ》があるからだらう。今云つた通り」

「えゝ」

「ぢや其違《ちが》つた所《ところ》は、つまり自分ぢやない訳《わけ》だらう。自分とは別物《もの》だらう」

「えゝ」

「それ御覧。自分と別物《べつもの》なら、何《ど》うしたつて一所《いつしよ》になれつこないぢやないか。何《い》時迄《つ》経《た》つたつて、離《はな》れてゐるより外《ほか》に仕方がないぢやないか」（『明暗』より）

お延と、実家の岡本の叔父との恋愛談義です。お延は男と女は対等に向き合い、愛し愛されるべきだという理想を持っています。叔父はそんなお延の考えをよくわかっていて、ちゃかしているのです。対等な男と女の愛。でもそれも時とともに変化し、男と女の間に力関係ができてしまうケースも多いかもしれません。それでも、男と女、夫婦の間柄は対等であって欲しいですね。

089　みんな独身ばかり

「ハムレットは結婚したく無《な》かつたんだらう。ハムレットは一人《ひとり》しか居ないかも知れないが、あれに似た人は沢山ゐる」

（『三四郎』より）

三四郎に向かってディレッタントの広田先生が語るユニークな結婚観です。ハムレットと同じように広田先生も過去に訳あるらしく、よい年齢なのに独身です。『三四郎』は「独身男」と「彼女いない男」ばかり登場する小説です。

０９０　愛と現実

彼等は自然が彼等の前にもたらした恐るべき復讐の下《もと》に戦《おの》きながら跪《ひざま》づいた。同時に此復讐を受けるために得た互の幸福に対して、愛の神《かみ》に一瓣《べん》の香を焚《た》く事を忘れなかつた。彼等は鞭《むちう》たれつゝ死《し》に赴《おもむ》くものであつた。たゞ其鞭《むち》の先《さき》に、凡てを癒《い》やす甘《あま》い蜜《みつ》の着《つ》いてゐる事を覚《さと》つたのである。

（『門』より）

宗助と御米夫婦を見つめながら、漱石の述懐です。私の最も好きな箇所の一つです。男女の愛は、何とロマンチックで、しかし因果応報の厳しい現実にさらされていることでしょうか。愛の甘美さと、その酷《むご》い現実を、これほど見事に表現した文章を私は知りません。

091　夫婦間の神経戦

彼女が一口拘泥《ひとくちこだわ》るたびに、津田は一足《ひとあし》彼女から退《しり》ぞいた。二口拘泥《ふたくちこだわ》れば、二足《ふたあし》退いた。拘泥《こだわ》るごとに、津田と彼女の距離はだん〳〵増《ま》して行つた。大きな自然は、彼女の小さい自然から出た行為を、遠慮なく蹂躙《りん》した。一歩ごとに彼女の目的を破壊して悔いなかつた。

（『明暗』より）

勝気なお延は夫の津田をみずからの土俵に連れ込もうと必死になりますが、ぬらりくらりとかわされ、なかなかうまくいきません。夫婦の間の探り合いはどんどん緊迫した神経戦となり、読者は手に汗を握ります。夫婦の間も、安穏とはしていられない。ここにも男女の愛に対する漱石のシニカルな見方が垣間《かいま》見られます。

092　可哀想《かわいそう》は、惚れたという意味

「いや、少《すこ》し言葉をつめ過《すぎ》たから——当り前に延ばすと、斯《か》うです。可哀想だとは惚れたと云ふ事よ」

「アハ、、、。さうして其原文は何と云ふのです」

「Pity's akin to love《ピチーズ、アキン、ツー、ラツヴ》」

（『三四郎』より）

Pity's akin to loveの訳をめぐって、広田先生、美禰子、与次郎らが談義します。「可哀想だとは惚れたと云ふ事よ」は与次郎の名訳ですが、この句の真意は「可哀想《かわいそう》は恋とほ

とんど同じである」なのか、「可哀想は恋に似て恋とは非なるものである」なのか。いずれにせよ、『草枕』のラストシーンの那美さんの「憐れ」の表情がそうであったように、pity（「哀れ」あるいは「憐れ」）がなければ、愛は芽生えないのかもしれません。

093　夫婦喧嘩に大差なし

夫《おつと》と独立した自己の存在を主張しやうとする細君を見ると健三はすぐ不快を感じた。動《やゝ》ともすると、「女の癖《くせ》に」といふ気になつた。それが一段劇《はげ》しくなると忽《たちま》ち「何《なに》を生意気な」といふ言葉《ことば》に変化した。細君の腹には「いくら女だつて」といふ挨拶が何時《いつ》でも貯へてあつた。

「いくら女だつて、さう踏《ふ》み付《つ》けられて堪《たま》るものか」

（『道草』より）

健三とお住の迫真の喧嘩です。夫婦喧嘩は犬も食わないと言えばそれまでですが、私も結婚して三〇年余り、あまりにもリアルな描写に身につまされてしまいます。

094　本心は知り過ぎないほうがいい

「己《おれ》は自分《じぶん》の子供《こども》を綾成《あや》す事《こと》が出来《でき》ないばかりぢやない。自分《じぶん》の父《ち》や母《は》でさへ綾《あ》成《や》す技巧《ぎかう》を持《も》つてゐない。それ所《どころ》か肝心《かんじん》のわが妻《さい》さへ何《ど》うしたら綾《あ》成《や》せるか未《いま》だに分別《ふんべつ》が付《つ》かないんだ。此年《このとし》になる迄学問《までがくもん》をした御蔭《おかげ》で、そんな技巧《ぎかう》は覚《おぼ》える余《ひ》暇《ま》がなかつた。二郎《らう》、ある技巧《ぎかう》は、人生《じんせい》を幸福《かうふく》にする為《ため》に、何《ど》うしても必要《ひつえう》と見《み》えるね」

（『行人』より）

妻の心がわからぬ一郎は、子供のように煩悶します。相手の腹を断ち割ってでも本心を知りたいと思う。現代のわれわれでも、思いが募るとそうなることがあります。そして、知ろうとしすぎてたいていは失敗するのです。

095　すれ違いは避けられぬ

妻はある時《とき》、男の心と女の心とは何《ど》うしてもぴたりと一《ひと》つになれないものだらうかと云ひました。

（『心』より）

先生の奥さんの悲しいつぶやきです。先生は恋敵のKを出し抜いて死に追いやり、奥さんを自分のものにしました。その経緯があるため、せっかく結ばれたのに奥さんの顔を見るたびにKを思い出し、虚心に愛することができないのです。先生の打ち解けぬ態度は奥さんにやるせない気持ちをもたらすことになるのです。こうして負の連鎖が拡大していきます。

096　わかっていても、嫉妬心からは逃れられない

「夫《それ》では打《う》ち明《あ》けるが、実《じつ》は直《なほ》の節操《せつさう》を御前《おまへ》に試《ため》して貰《もら》ひたいのだ」
自分《じぶん》は「節操《せつさう》を試《ため》す」といふ言葉《ことば》を聞《き》いた時《とき》、本当《ほんたう》に驚《おどろ》いた。当人《たうにん》から驚《おどろ》くなといふ注意《ちうい》が二遍《へん》あつたに拘《かゝ》はらず、非常《ひじやう》に驚《おどろ》いた。只《たゞ》あつけに取《と》られて、呆然《ばうぜん》としてゐた。

（『行人』より）

一郎が弟の二郎に妻のお直と外泊してくれるよう頼む場面です。あまりの依頼に二郎は唖然《あぜん》とします。冗談ではないと断りますが、一郎は譲りません。それほど妻に対する一郎の不信は深いのです。病気なほどの不信と猜疑《さいぎ》は結局、嫉妬心に由来しているのかもしれません。それにしても、男の嫉妬心ほど、粘着質で恐いものはありませんね。

097　女の哀願は飲まねばならない

「妾《わたし》、どんな夫《おっと》でも構《かま》ひませんわ、たゞ自分に好《よ》くして呉《く》れさへすれば」

「泥棒でも構《かま》はないのかい」

「えゝえゝ、泥棒だらうが、詐欺師だらうが何《なん》でも好《い》いわ。たゞ女房を大事《だいじ》にして呉れゝば、それで沢山なのよ。いくら偉《えら》い男だつて、立派な人間《にんげん》だつて、宅《うち》で不親切ぢや妾《わたし》にや何《なん》にもならないんですもの」

（『道草』より）

再び健三とお住の夫婦喧嘩です。何でもいいから自分を大切にし、対等に扱って欲しい。お住の言い分は、ぞんざいに扱われる女性たちの哀願のように思えます。それに応えられるかどうかで、夫の、男の値打ちも決まるのかもしれません。

098　結婚は不可能

つら〳〵目下文明の傾向を達観して、遠き将来の趨勢を卜《ぼく》すると結婚が不可能の事になる。驚ろくなかれ、結婚の不可能。

（『吾輩は猫である』より）

苦沙弥先生、寒月君、迷亭君らが集まって、「結婚不可能」談義で盛り上がります。個人主義の果てに男も女も自己主張が強くなって、同居が不可能になるだろうという趣旨です。数分に一組が離婚している今では不思議でも何でもありませんが、当時としては革命的な予言だったのではないでしょうか。

099　わかりあえなくてもいいじゃないか

御米は障子の硝子《がらす》に映る麗《うら》かな日影をすかして見《み》て、「本当に難有《ありがた》いわね。漸くの事春《ことはる》になつて」と云つて、晴《は》れ〴〵しい眉を張《は》つた。宗助は縁に出て長《なが》く延びた爪を剪《き》りながら、

「うん、然し又ぢき冬になるよ」と答へて、下《した》を向《む》いたまゝ鋏《はさみ》を動かしてゐた。

（『門』より）

物語のラストシーンです。これも私が大好きな場面の一つです。障子という、夫婦を隔てるものがありながらも、それでもお互いに心を通わせ、これからも二人で肩を寄せて生きていこうとする夫婦の愛。それは孤独な時代の愛の形を示しています。還暦を過ぎ、私も少しずつそうした愛の形に近づきたいと願っています。障子を隔てた夫婦のやりとりですが、春が来ても、その先にまた冬が来るという悲観的な予感にもかかわらず、それでも二人で肩を寄せて生きていこうという温《ぬく》もりも感じられる会話です。

第八章　「美」は静謐《せいひつ》の中にあり【審美眼】

私が漱石に親近感を覚えるのは、彼が私と同じように「聴覚芸術」より「視覚芸術」にこだわりを持っていたからです。それで、漱石は絵画の評論などもたくさん書いているのですが、それだけに、小説の随所に独自の審美眼が表れています。

それでは、漱石が理想とするところの「美」とは、どういうものだったのでしょう。

私は「静謐」というものではなかったかと考えています。

『草枕』の中で、主人公の画工は「動と名のつくものは必ず卑しい」と言っています。運慶の仁王も、北斎の漫画も「動」の点で失敗しているというのです。近代美術はいきいきとした動きのあるものをよしとする方向に推移してきましたから、これはちょっと興味深い真逆の価値観です。

とはいえ、ガチガチの不動がよいと言ったわけでは、たぶんないと思います。コセついたものや軽薄なものを諫《いさ》めているのであり、ゆったりとした、悠久、不変の感じを是としたのだと解釈します。

静謐なものへの愛――。それは必ずしも目に見えるものだけに限らないのでしょう。耳に聞く音や、肌に感じる感触や、周囲に漂う香りなどに対しても言えるのでしょう。たとえば、時を縫い止めたように、水面にぽたりと落ちる椿。端然と大理石のように咲いて、馥郁《ふくいく》と匂う百合。小さな文鳥がたてるかそけき音。そうしたものも愛《め》でていたように感じます。

漱石の描写はしばしば絵画的で、美しい風景を四角いキャンバスに切り取ったようなところがあるのですが、『三四郎』の中に、美禰子がまさに絵のモデルとなっている場面が出てきます。

「静《しづ》かなものに封じ込められた美禰子は全く動《うご》かない。団扇を翳して立つた姿《すがた》その儘が既に画である。三四郎から見ると、原口さんは、美禰子を写してゐるのではない。不可思議に奥行のある画から、精出《だ》して、其奥行丈《だけ》を落《おと》して、普通の画に美禰子を描《か》き直してゐるのである」

何か不可思議な時間の静止を感じさせる情景です。

ちなみに、漱石の好みの女性はあまり日本的ではなく、どちらかというと西洋的です。

くっきりとした二重瞼《ふたえまぶた》で、細面で、首が長くて、すらりと背の高い女性。ミレーやウォーターハウスなど、ラファエル前派の人たちが描いたような容姿が好きだったようです。

さて、三四郎の恋は失恋に終わりますが、今、私はこれを書きながら、「絵の中の女性に恋する」という言葉を思い出しました。もしかしたら漱石は、「絵」というところにすでに叶わぬ恋への予感を込めていたのかもしれません。そう言えば、『それから』にも、代助と三千代が「恋愛の彫刻」のようになる場面がありました。

先に私は漱石の描く男女は結ばれないのがセオリーだと言いましたが、もしかしたら漱石は、恋は生々しく移ろうから、嫌だったのかもしれません。だからこそ、実らぬまま終わらせるところに一種の美学を見出していた可能性もあります。

100　絵に描かれた恋

不図眼《め》を上《あ》げると、左手《ひだりて》の岡の上《うへ》に女が二人《ふたり》立つてゐる。女のすぐ下《した》が池で、池の向ふ側が高《たか》い崖《がけ》の木立《こだち》で、其後ろが派出な赤錬瓦のゴシック風の建築である。さうして落ちかゝつた日が、凡ての向ふから横に光《ひかり》を透《とほ》してくる。女は此夕日に向いて立つてゐた。三四郎のしやがんでゐる低《ひく》い陰《かげ》から見ると岡の上は大変明《あか》るい。女の一人《ひとり》はまぼしいと見えて、団扇を額《ひたひ》の所に翳《かざ》してゐる。顔はよく分らない。けれども着物の色、帯の色は鮮《あざや》かに分《わか》つた。

（『三四郎』より）

三四郎が大学の池の端の丘の上に美禰子を初めて見た場面です。まさに絵のようですが、彼女が団扇《うちわ》を翳《かざ》して立っているこの姿は、じつは油絵作品のポーズだったことが後でわかります。三四郎の恋は、最初から「絵に描かれた恋」だったのです。それでもこのシーンは、印象派の絵画のように鮮やかです。私の大好きな場面の一つです。

101　動かざるものの美

動と名のつくものは必ず卑しい。運慶の仁王も、北斎の漫画も全く此《この》動の一字で失敗して居る。

（『草枕』より）

主人公の画工が語る言葉です。端然として動かないものの中に美の理想がある。漱石の価値観がよく表されているように思います。ちなみに私は今にも動きそうな絵画や彫刻こそすごいと思ってきたので、漱石の審美眼は新鮮です。

102　広大無辺な宇宙への扉

見てゐると、ぽたり赤い奴が水の上に落ちた。静かな春に動いたものは只此一輪である。

（『草枕』より）

山里の池を縁取る深山《みやま》椿の花です。画工は真っ赤な花がぽたり……、ぽたり……、と落ちるのを見ながら、あの花によって池の水がだんだん血を吸ったように赤く染まり、幾千年ののちにはすっかり赤く埋もれて、平地に戻るのではないかしらなどと想像します。池に落ちる椿から広大無辺な宇宙へと広がっていくような見事な描写です。

103　動きそうで動かない

美術家の評によると、希臘《ギリシア》の彫刻の理想は、端粛《たんしゆく》の二字に帰するさうである。端粛とは人間の活力の動かんとして、未だ動かざる姿と思ふ。

（『草枕』より）

これもまた、「動かざるものの美」を是とした言葉です。完全に固着した停止ではなく、動きそうで動かぬ微妙な「あわい」のことを言っているようです。

104　薄幸の美女

三千代《みちよ》は美《うつ》くしい線《せん》を奇麗に重ねた鮮《あざや》かな二重瞼《ふたへまぶた》を持つてゐる。眼《め》の恰好《かつこう》は細長い方であるが、瞳《ひとみ》を据ゑて凝《じつ》と物を見るときに、それが何かの具合で大変大きく見える。代助は是を黒眼《くろめ》の働らきと判断してゐた。……三千代《みちよ》の顔を頭《あたま》の中《なか》に浮《うか》べやうとすると、顔の輪廓が、まだ出来上《あが》らないうちに、此黒《くろ》い、湿《うる》んだ様に暈《ぼか》された眼《め》が、ぽつと出《で》て来《く》る。

（『それから』より）

代助が脳裏に思い描く三千代のおもざしです。ぼうっと霞《かす》んだ輪廓の中に、三千代のきれいな二重瞼の目が浮かび上がってくる。この三千代のイメージは漱石が抱いていた理想の女性像の一つだと思います。ただ、そこには色っぽくて淫らな女性ではなく、どこか憐れを誘う華奢《きやしや》な女性のイメージが佇んでいます。私もグラマラスな女性に惹かれますが、同時に三千代のような薄幸の女性も大いに気になります。

105　菫《すみれ》ほどの小さい人

文鳥《ぶんてう》は嘴《くちばし》を上《あ》げた。咽喉《のど》の所《ところ》で微《かすか》な音《おと》がする。又嘴《またくちばし》を粟《あは》の真中《まんなか》に落《おと》す。又微《またかすか》な音《おと》がする。其《そ》の音《おと》が面白《おもしろ》い。静《しづ》かに聴《き》いて居《ゐ》ると、丸《まる》くて細《こま》やかで、しかも非《ひ》常《じやう》に速《すみや》かである。菫程《すみれほど》な小《ちひ》さい人《ひと》が、黄金《こがね》の槌《つち》で瑪瑙《めなう》の碁石《ごいし》でもつゞけ様《ざま》に敲《たゝ》いて居《ゐ》る様《やう》な気《き》がする。

（『文鳥』より）

文鳥は「可憐」という言葉を、そのまま生きものにしたような存在です。菫《すみれ》ほどの小さい人が瑪瑙《めのう》の碁石を敲いているという表現が、いかにも心地よく軽やかです。

106　華奢な手足

彼女《かのぢよ》の持《も》つて生《うま》れた道具《だうぐ》のうちで、初《はじめ》から自分《じぶん》の注意《ちうい》を惹《ひ》いたものは、華奢《きやしや》に出《で》来上《きあが》つた其手《そので》と足《あし》とであつた。

（『行人』より）

二郎が兄嫁のお直に感じたことです。漱石は女性の容姿をよく観察しましたが、手指の美しさにもこだわっていたようです。白くて、細くて、長い、指輪が映える美しい手を好みました。

107　わだつみのいろこの宮

いつかの展覧会に青木と云ふ人が海の底に立つてゐる脊の高い女を画《か》いた。代助は多くの出品のうちで、あれ丈が好《い》い気持に出来てゐると思つた。

（『それから』より）

青木繁の「わだつみのいろこの宮」のことです。『古事記』の一場面で、ヤマサチヒコがなくした釣り針を求めて海底へ降りて行き、海神の娘豊玉姫に出会う場面が描かれています。海の底の静謐なたたずまいを、代助は好ましく思ったのでしょう。

108　花

代助は大きな鉢《はち》へ水を張《は》つて、其中《なか》に真白《まつしろ》なリリー、オフ、ゼ、ヴレーを茎《くき》ごと漬《つ》けた。簇《むら》がる細《こま》かい花が、濃《こ》い模様の縁《ふち》を隠《かく》した。……さうして、其傍《そば》に枕《まくら》を置《お》いて仰向《あほむ》けに倒れた。黒《くろ》い頭《あたま》が丁度鉢《はち》の陰《かげ》になつて、花から出《で》る香《にほひ》が、好《い》い具合に鼻《はな》に通《かよ》つた。代助は其香《そのにほひ》を嗅ぎながら仮寐《うたゝね》をした。

（『それから』より）

代助の美的生活を示す小道具の一つが花です。『それから』には百合や鈴蘭、アマリリスなど、花が多く出てきます。清楚なたたずまいの花を愛したのだろうと思いますが、よい香りがすることも条件だったのではないでしょうか。とにかく漱石は花とその香りに特別な意味を与えようとしたようです。私も加齢とともに花を愛でることが好きになりました。

109　天然自然

うつくしきものを、弥《いや》が上に、うつくしくせんと焦《あ》せるとき、うつくしきものは却《かえ》つて其度を減ずるが例である。人事に就ても満は損を招くとの諺は是が為めである。

放心と無邪気とは余裕を示す。余裕は画に於て、詩に於て、もしくは文章に於て、必須の条件である。

（『草枕』より）

画工が山里の温泉につかりながら考えた美術論です。美しいものをもっと美しくしようとしていたずらな装飾や作為を加えると、美が損なわれると言います。天然自然、ありのままに素直で無為なのがよいと言うのです。確かに嫌みな作為やいかにもという意匠が目につくと、美しさも半減してしまいます。

110　顔にすべてが出てしまう

画工《ゑかき》はね、心《こゝろ》を描《か》くんぢやない。心《こゝろ》が外《そと》へ見世《みせ》を出《だ》してゐる所《ところ》を描《か》くんだから、見世《みせ》さへ手落《ておち》なく観察すれば、身代《しんだい》は自《おのづ》から分《わか》るものと、まあ、さうして置くんだね。見世で窺《うかゞ》へない身代《しんだい》は画工《ゑかき》の担任区域以外と諦《あき》らめべきものだよ。

（『三四郎』より）

美禰子の絵を描いた原口の言です。「心《こゝろ》が外《そと》へ見世《みせ》（店）を出《だ》してゐる所《ところ》」という表現が面白い。そうかもしれません。「人は見かけではわからない」というのも真実ですが、

「顔にすべてが出る」というのも本当です。特にテレビでは顔にすべてが出るようで、今でもテレビに出るときは緊張してしまいます。

111　目と目でほほえみ合う

昔《むか》し美《うつく》しい女《をんな》を知《し》つて居《ゐ》た。此《こ》の女《をんな》が机《つくゑ》に凭《もた》れて何《なに》か考《かんが》へてゐる所《ところ》を、後《うしろ》から、そつと行《い》つて、紫《むらさき》の帯上《おびあ》げの房《ふさ》になつた先《さき》を、長《なが》く垂《た》らして、頸筋《くびすぢ》の細《ほそ》いあたりを、上《うへ》から撫《な》で廻《まは》したら、女《をんな》はものう気《げ》に後《うしろ》を向《む》いた。其《そ》の時《とき》女《をんな》の眉《まゆ》は心持《こゝろもち》八の字《じ》に寄《よ》つて居《ゐ》た。夫《それ》で眼尻《めじり》と口元《くちもと》には笑《わらひ》が萌《きざ》して居《ゐ》た。同時《どうじ》に恰好《かつかう》の好《よ》い頸《くび》を肩迄《かたまで》すくめて居《ゐ》た。文鳥《ぶんてう》が自分《じぶん》を見《み》た時《とき》、自分《じぶん》は不図《ふと》此《こ》の女《をんな》の事《こと》を思《おも》ひ出《だ》した。

（『文鳥』より）

文鳥が少し首をかしげてこちらを見たとき、漱石は昔かかわりのあった女のことを思い出しました。そっと忍び寄って、そっと悪戯して、目と目でほほえみ合った。そんな美しい女の面影を――。とても秘めやかな官能で、漱石らしいですね。赤裸々なエロスよりもっとエロティックかもしれません。それが私は好きです。

112　恋が成就する直前

彼は雨《あめ》の中《なか》に、百合《ゆり》の中《なか》に、再現《さいげん》の昔《むかし》のなかに、純一無雑に平和な生命を見出した。其生命の裏にも表にも、慾得はなかつた、利害はなかつた、自己を圧迫する

道徳はなかつた。雲の様な自由と、水の如き自然とがあつた。さうして凡てが幸《ブリス》であつた。だから凡てが美《うつく》しかつた。

（『それから』より）

代助が三千代に愛を告げる決心をし、彼女の到来を待っているときの心境です。純粋で、何の束縛もなく、解放されていて、限りなく自由で美しい。恋愛が成就する直前のこの一瞬が、彼にとってはもっとも美しいひとときでありました。ちなみに、漱石ほど、雨や川、水差しや池など、水の記号論的な意味にこだわった作家も珍しいかもしれません。男女の愛を描く最も美しい描写の一つです。そう言えば、私も若いころ、心惹かれる女性《ひと》と相合い傘で絹糸のような雨の中を歩いてみたいと思ったものです。

113　恋愛の彫刻

しばらくすると、三千代は急に物に襲はれた様に、手を顔《かほ》に当《あ》てて泣き出《だ》した。代助は三千代の泣《な》く様《さま》を見るに忍《しの》びなかつた。肱《ひぢ》を突《つ》いて額《ひたひ》を五指《ごし》の裏《うら》に隠《かく》した。二人《ふたり》は此態度を崩《くづ》さずに、恋愛の彫刻の如く、凝《じつ》としてゐた。（『それから』より）

互いの気持ちを確かめ合った後、「恋愛の彫刻」のごとく固まる代助と三千代です。ここが彼らの絶頂で、この先にはたぶんもう、明るい未来はありません。だから漱石はこの瞬間に、時間を永遠に止めてしまおうと思ったのかもしれません。漱石にしては珍しい愛の成就の瞬間です。でもそれはいつもはかないことを示しています。

114　百年待ってください

すると石《いし》の下《した》から斜《はす》に自分《じぶん》の方《はう》へ向《む》いて青《あを》い茎《くき》が伸《の》びて来《き》た。見《み》る間《ま》に長《なが》くなつて、丁度《ちやうど》自分《じぶん》の胸《むね》のあたり迄《まで》来《き》て留《と》まつた。と思《おも》ふと、すらりと、揺《ゆら》ぐ茎《くき》の頂《いたゞき》に、心持《こゝろもち》首《くび》を傾《かたむ》けてゐた細長《ほそなが》い一輪《りん》の蕾《つぼみ》が、ふつくらと瓣《はなびら》を開《ひら》いた。真白《まつしろ》な百合《ゆり》が鼻《はな》の先《さき》で骨《ほね》に徹《こた》へる程《ほど》匂《にほ》つた。そこへ遥《はるか》の上《うへ》から、ほたりと露《つゆ》が落《お》ちたので、花《はな》は自分《じぶん》の重《おも》みでふら〳〵と動《うご》いた。自分《じぶん》は首《くび》を前《まへ》へ出《だ》して、冷《つめ》たい露《つゆ》の滴《した》る、白《しろ》い花瓣《はなびら》に接吻《せつぷん》した。

（『夢十夜』第一夜より）

美しい女に「百年《ねん》待《ま》つてゐて下《くだ》さい」と言われて墓の傍《そば》で待ち続けた、その一〇〇年目の情景です。男は馥郁と花開いた真っ白な花弁に、そっと接吻《せっぷん》します。何とも言えずロマンチックです。一世紀前の夢の動画をゆっくりと再生するようで、やはり漱石の中には中世騎士道物語のロマンのようなものが揺曳《ようえい》していたようです。私はそこまでロマンチックではありませんが、少なくとも一〇年くらいは待ちたいという思いはあります。

第九章　とかくに「この世」は複雑だ【処世雑感】

「木瓜咲くや漱石拙を守るべく」

という私が好きな漱石の句があります。

漱石は木瓜《ぼけ》が好きでした。なぜならば、木瓜の枝は頑固で曲がったところがありません。かといって真っ直《ます》ぐでもなく、がくがくと不器用な角度で衝突し合って全体ができ上がっています。その枝に、紅《べに》だか白だか要領を得ぬ色の花が安閑と咲く。その愚かにして悟ったようなところがよいのだそうです。

これは『草枕』の中に、主人公の画工のつぶやきとして出てくる理由なのですが、漱石自身の思いとみて差し支えないでしょう。

一方、「拙を守る」とは、知に奢ったり技巧に頼ったりすることなく、稚拙な自分そのままに、真摯に生きることです。漱石がよく使う言葉で言えば、「真面目」に近いと思います。つまりこの句は、漱石が安閑と咲いている木瓜の花を目の前にしながら、「自分もかくあるべきだ」と、肝に銘じている場面であるわけです。

ということで、いい句だな――と思っていたら、俳人の池田澄子さんによいことを教わりました。池田さんによると、この句は「私は拙を守るべく」ではなく、「漱石拙を守るべく」と言っているところがすばらしいのだそうです。「私が拙を守りたいのだ」という私的な訴えではなく、「漱石というやつが拙を守りたがっているぞ」と、ポンと絵札のようなものを投げ出したところがよい。つまり、自分を相対化しているということです。客観化しているということです。

漱石は、しばしば「写生」という言葉を使って世の中を観察しましたが、自分を見つめるときも、その冷静な観察の目を忘れなかったわけです。私はいたく感心しました。

漱石の小説を読むと、なるほどと唸《うな》らされる「名言」にたくさん出合います。呑気《のんき》と見える人の内側にも悲しみがあったり、雑談の底に鬼哭啾々《きこくしゅうしゅう》があったり、人の生命の裏に連綿と続く因果が見えたり――。

こうした言葉は、時に世間を斜に眺めている閑人の発言と受け取られ、「余裕派」と呼ばれたりしました。でも、私はそうではないと感じます。漱石はけっして余裕綽々《しゃくしゃく》などではなかった。むしろいつもきわめて拙に、時代に応対していたと思います。

漱石が好きという木瓜。言わでものことですが、そこにはきっと「呆《ぼ》け」や、「惚《ぼ》け」

も、掛かっているのでしょう。

漱石の発する言葉はしばしばユーモラスです。しかし、それもふざけているのではなく、真面目の果てにつかんだおかしみであったと心得たいと思います。

115　とかくに人の世は住みにくい

山路《やまみち》を登りながら、かう考へた。
智に働けば角《かど》が立つ。情に棹させば流される。意地を通せば窮屈だ。兎角に人の世は住みにくい。

（『草枕』より）

とても有名な『草枕』の冒頭です。人の世は住みにくいとして、人里離れた山奥へやってきた画工の述懐です。この言葉も素晴らしいですが、私はその少し後に続く、「世に住むこと二十年にして、住むに甲斐ある世と知った。二十五年にして明暗は表裏の如く、日のあたる所には屹度《きっと》影がさすと悟った」のひとくさりのほうがもっと好きです。

１１６　悲しい音

呑気と見える人々も、心の底を叩いて見ると、どこか悲しい音がする。

（『吾輩は猫である』より）

物語の終盤近く、苦沙弥先生宅から迷亭君、寒月君、東風君や独仙君たちが帰っていき、寄席がはねた後のような淋しさになった中で、猫がつぶやく言葉です。私もどんなに元気なときでも心の底を叩いてみれば、カラーンという淋しい音が聞こえそうな気がします。人間は淋しくも悲しい存在なのです。

１１７　昔の自己

苦《くる》しい、つらい、口惜《くちを》しい、心細《こゝろぼそ》い涙《なみだ》は経験《けいけん》で消《け》す事《こと》が出来《でき》る。難有涙《ありがたなみだ》もこぼさずに済《す》む。たゞ堕落《だらく》した自己《じこ》が、依然《いぜん》として昔《むかし》の自己《じこ》であると他《ひと》から認識《にんしき》された時《とき》の嬉《うれ》し涙《なみだ》は死《し》ぬ迄《まで》附《つ》いて廻《まは》るものに違《ちがひ》ない。

（『坑夫』より）

主人公が地の果てのような鉱山に流れついて途方に暮れていたら、思いがけず飯場頭が知的な人で、「あなたは生《うま》れ落《お》ちてからの労働者《らうどうしや》とも見《み》えない様《やう》だが……」と丁寧な態度で対応してくれたのです。彼はうれしくて泣きそうになったのです。

118　ほどほどの親切

人間はね、自分が困らない程度内で、成る可《べ》く人に親切がして見たいものだ。

（『三四郎』より）

与次郎が三四郎に言った言葉です。これは要するに、おのれの身が痛まない程度のことは、親切とは言わないということです。さらに敷衍《ふえん》すれば、おのれの身を削って人に尽くすことを親切と言うのです。そう思えば、自分の身の痛まない親切は、優越感の押し売りなのかもしれません。私も漱石と同じようにありきたりの親切や同情に嫌な感じがしたことがあります。

119　「憐れ」は神にもっとも近き情

憐れは神の知らぬ情で、しかも神に尤《もっと》も近き人間の情である。

（『草枕』より）

画工の言葉です。なるほどそうかもしれません。画工は那美の顔を見て、たいそう美人だけれども、表情に物足らぬものがある。それが「憐れ」であると喝破しました。

120　田舎者

「田舎者《いなかもの》は何故《なぜ》悪《わる》くないんですか」……

「田舎者《いなかもの》は都会のものより、却って悪《わる》い位なものです。……」

（『心』より）

先生の放つ印象的な言葉です。このように言うのは、先生の田舎の親戚が先生の財産を横領したからです。「田舎の人間に気をつけろ」的な発言は『坊っちゃん』でも見かけます。江戸っ子の漱石は概して「田舎者」の偽善を見抜いていたのでしょう。田舎の出である私にはとてもきつい言葉です。しかし、田舎にも都会にも信じられる人はいるし、また信じられない人もいます。

121　真面目とは、真剣勝負である

真面目《まじめ》とはね、君、真剣勝負の意味だよ。

（『虞美人草』より）

藤尾にたぶらかされて恩人に不義理をした小野を、宗近が叱り飛ばす場面です。「真面目」とは口巧者に奔《はし》ったり、小器用に立ち回ったりせず、全身全霊、「人間全体が活動する」ことだと宗近は主張します。「拙を守る」とほぼ同義の、漱石の信念です。この小説の終わりに「悲劇は喜劇より偉大である」という言葉が出てきますが、悲劇を通じて人は真面目になる、そう漱石は信じていたようです。

122　レトリック

滑稽の裏には真面目がくっ付いて居る。大笑の奥には熱涙《ねつるい》が潜んで居る。雑談《じょうだん》の底には啾々《しゅうしゅう》たる鬼哭《きこく》が聞える。

(『趣味の遺伝』より)

これも唸らされる言葉です。漱石は「諷語《ふうご》」（揶揄的な二面性のある言葉の遣い方）は、「正語」（作為のない言葉の遣い方）よりも皮肉なぶんだけ、深刻な力を持っていると言います。酔漢の妄語のうちに身の毛もよだつほど恐いものがあるのと同じようなことだそうです。

123　つまらぬ授業

活《い》きてる頭《あたま》を、死んだ講義で封じ込めちや、助からない。外《そと》へ出て風を入れるさ。

（『三四郎』より）

上京したての三四郎がつまらぬ授業に全部顔を出して呻吟《しんぎん》していたら、与次郎がこう言って外へ連れ出しました。その通り、生きた頭にとってもっとも重要な学びは、生きた世界にあるということです。大学で教鞭をとってきた者には耳に痛い言葉です。

124　一対一では、女が必勝

女は只一人を相手にする芸当を心得て居る。一人《ひとり》と一人《ひとり》と戦ふ時、勝つものは必ず女である。男は必ず負ける。

（『虞美人草』より）

才走った藤尾が小野青年を籠絡する場面です。女は天下を相手にすることも国家を相手にすることもできませんが、不思議なことに、男と一対一の勝負では必ず勝つそうです。

小野青年も藤尾に負けてヨレヨレになりました。

125　自力本願

「敲《たゝ》いても駄目だ。独《ひと》りで開《あ》けて入《はい》れ」（『門』より）

生きる苦しみに堪えず、宗教を頼った宗助の耳に厳然と響いた言葉です。信仰の門は頼るだけで信じない者には開かないのです。他力本願も、自力本願あって初めてその有り難みがわかるのかもしれません。

126　いのち

「父母未生《ふぼみせう》以前本来の面目は何だか、それを一つ考へて見たら善《よ》からう」

（『門』より）

宗助が寺の老師から与えられた公案です。「父母未生以前《ふぼみせう》」とは禅語で、父母が生まれる以前、すなわち自分がまったく存在しなかった時のことで、その面目とは、利己を離れた宇宙の中での命の尊厳のようなことを意味するそうです。じつは、これは漱石自身が二〇代のとき、円覚寺の老師から与えられた公案なのだとか。漱石は生涯、その意味を考え続けました。

そして私は、勝手な解釈かもしれませんが、その答えは「いのち」だと考えています。

個々の限られた命をすべて飲み込みながら、幾世代を通じて流れ続ける「いのち」。そんなふうに漱石が考えていたのかどうか、わかりませんが。

127 「鏡」の効用

鏡は己惚《うぬぼれ》の醸造器である如く、同時に自慢の消毒器である。

（『吾輩は猫である』より）

ユニークな論が数々展開される『吾輩は猫である』の中でも面白い「鏡」論です。浮かれた愚か者がそれに向かうときは、それ以上に愚を増長させるものはなく、自分に愛想の尽きた者がそれに向かうときは、それ以上に薬になるものはないそうです。

128　伊藤さん

伊藤さんは殺《ころ》されたから、歴史的に偉《えら》い人《ひと》になれるのさ。たゞ死んで御覧、斯《か》うは行かないよ。

（『門』より）

宗助と御米が食事中に新聞を見ながら交わす会話です。鋭い一言です。ちなみに、漱石は明治四二年、伊藤博文が暗殺される二週間ほど前に、知己の満鉄総裁の招きで満州・韓国へ旅行していたのですから、衝撃的なはずですが、小説の中の宗助の言葉はいたってクールです。それは同時に、漱石の内心の反応を幾分なりとも反映していると思えます。

129　所在のなさ

凡《およ》そ世の中に何が苦しいと云つて所在のない程の苦しみはない。

（『倫敦塔』より）

倫敦塔《ロンドンとう》を見物した漱石が、往古、ここに幽閉されていた死刑囚に思いを馳《は》せた言葉です。生きながら活動を奪われることは死ぬより悲惨であるという意味ですが、なすべきことがないまま生きることほどつらいものはない、という意味にもなります。現代人の苦しみはこちらでしょう。私の思春期の悩みもその苦しみと関連していたのです。

130　頭の中がいちばん広いのだ

すると男が、かう云つた。

「熊本より東京は広い。東京より日本は広い。日本より……頭《あたま》の中《なか》の方が広《ひろ》いでせう」

（『三四郎』より）


広田先生が車中で上京する三四郎に言った言葉です。シンプルにして、コペルニクス的転回のようなところがあります。われわれも広い頭を持ちたいものです。

131　文系不要論への応答

文芸は技術でもない、事務でもない。より多く人生の根本義に触れた社会の原動力である。

（『三四郎』より）

英文学者にして、人文学の奥義を究めた漱石ならではの言葉です。文学や哲学など、およそ人文学や社会科学など無用の長物という風潮は、最近のことではなく、もうすでに漱石の時代からそうだったと思えます。「人生の根本義」を忘れた学問や技術がその後、どんな悲惨な結果をもたらしたかは歴史の教える通りです。そしてまた、同じことが繰り返されようとしているようです。

132　群衆

数《すう》は勢《いきほい》である。勢《いきほい》を生《う》む所《ところ》は怖しい。一坪《ひとつぼ》に足らぬ腐《くさ》れた水でも御玉《おたま》杓子《じやくし》のうぢよ〳〵湧く所は怖しい。

（『虞美人草』より）

明治四〇年に上野公園で行われた東京勧業博覧会の人出を指しての言葉です。統御不可能な群衆が怖ろしいのはいつの世も変わりません。今は烏合《うごう》の衆が叫び合い、あっという間にあやうい世論もどきが形成されてしまうネットの世界が、「御玉《おたま》杓子《じやくし》のうぢよ〳〵湧く所」でしょうか。

133　片づくことなどありゃしない

「世の中《なか》に片付《かたづ》くなんてものは殆んどありやしない。一遍起《おこ》つた事《こと》は何時《いつ》迄も続《つゞ》くのさ。たゞ色々《いろ〳〵》な形《かたち》に変るから他《ひと》にも自分にも解《わか》らなくなる丈の事《こと》さ」

（『道草』より）

物語のラストの健三のつぶやきです。煩《うるさ》いばかりの人生への愚痴ですが、漱石がしばしば使う「因果」や「継続」といったことをも思わせて、深みがあります。

第一〇章　それでも「生きる」【死生観】

究極のところ、漱石は人は何のために生きているのか、なぜ生きなければならないのかを考え続けた作家だったと思います。

どの作品を読んでも、問うていることは「人間とは何ぞや」です。泣いたり、怒ったり、嫉妬したり、愚かなことに気を煩わせたり、そんなことに何十年もの年月を費やしている人間とはいったい何ぞや。これに尽きます。

では、その答えは何なのでしょう。

答えはないと思います。漱石に問うたら、きっと「わからない」と言うことでしょう。

では、人はなぜ生まれてくるのでしょう。

こちらには、答えらしきものがあります。「人は人生の謎を解くために生まれてくる」です。つまり、人は謎を解くために生まれてきて、解けない、解けない、と唸りながら死んでいくのです。

問いだけがあって、答えがない。それは苦しいことに違いありません。この世に救いはないということです。ゆえに漱石の描く登場人物は、みんな悩んでいるのでしょう。生きづらそうなのでしょう。

しかし、その彼らもよくよく眺めてみれば、苦しみの果てにはおかしみがあり、諦めの果てには笑いがあります。冷め切った愛の末にもちょっとした温もりが見えます。それを、私は一つの生き甲斐《がい》と呼んでみたいと思います。人生に救いはない。けれども、生きる甲斐はある。そのように了解したいと思うのです。

漱石は重い持病の持ち主で、常に死と隣り合わせでした。しかし、最後まで生にかじりつきました。

文人の中にはときおり武士道よろしくスパリと死を覚悟しているような人がいます。けれども、漱石はそういうタイプではありません。妙に悟り澄ましたりしていないところが、漱石はよいのです。七転八倒してもいい、見苦しくてもいいから、最後の一瞬まで生きよというのが、漱石の良心であり、死生観であったと思います。

『硝子戸の中』で、漱石が病気の具合を尋ねられて、「継続中です」と答える場面があります。

名言だと思います。

漱石はすべての命の現象は人知を超えたところで継続していると思っていました。何かの継続であるからこそ、人はその糸を切ってはいけないのです。また言えば、その糸の来し方行く末を探ることとは、「人間とは何ぞや」を問うことと同義であるのでしょう。

漱石は五〇歳そこそこで亡くなりましたが、もう少し長らえていたら、人生相談の名回答者になったのではないかと思うことがあります。そして、深刻な相談を持ちかけられるたびに、たぶん、こう答えたのではないかと想像します。

「それでも死なずに生きていらっしゃい」

生きることは喜びばかりではありません。ときには苦しみの連続ですが、多くの方が漱石の作品からそんなメッセージを読み取ってくださったらいいなと思います。

134　死は生よりも尊い

「死《し》は生《せい》よりも尊《たつ》とい」

斯《か》ういふ言葉《ことば》が近頃《ちかごろ》では絶《た》えず私の胸《むね》を往来するようになつた。

然し現在の私は今まのあたりに生《い》きてゐる。私の父母《ふぼ》、私の祖《そ》父母、私の曾祖父母、それから順次に溯《さかの》ぼつて、百年、二百年、乃至《ないし》千年万年の間《あひだ》に馴致《じゆんち》された習慣を、私一代で解脱《げだつ》する事《こと》が出来ないので、私は依然として此生《このせい》に執着してゐるのである。

だから私の他《ひと》に与へる助言《じよごん》は何《ど》うしても此生《せい》の許す範囲内《はんいない》に於てしなければ済《す》まない様に思ふ。何《ど》ういふ風《ふう》に生《い》きて行くかといふ狭い区域のなかでばかり、私は人類《じんるい》の一人として他の人類《じんるい》の一人に向《むか》はなければならないと思ふ。

（『硝子戸の中』より）

「死《し》は生《せい》よりも尊《たつ》とい」という言葉が始終胸を横切りながら、人はぎりぎりまで生にこだわらねばならぬと漱石は説きます。連綿と受け継がれてきた命の連鎖をいたずらに断つべきではないからです。病気に苦しみ、創作に苦しみ、死んでしまうほうが楽だと思うこともしばしばだったろう人の言葉だけに、重みがあります。私も筆舌に尽くしがたい不幸を経験し、それでも生の舫《もや》い綱を切ってはならないと思うようになりました。

135 謎

「宇宙は謎である。……疑へば親さへ謎である、兄弟さへ謎である。妻も子も、かく観ずる自分さへも謎である。此世に生まれるのは解けぬ謎を、押し付けられて、白頭に儃佪《せんくわい》し、中夜に煩悶する為めに生まれるのである。……」

（『虞美人草』より）

甲野青年の日記より。この世に人が生まれてくるのは、解けない謎を解くためであると言います。『虞美人草』は漱石作品の中ではそれほど一般的ではありませんが、ときどきハッとするほどいい言葉に出合います。

136　死は何も解決しない

凡ての疑は身を捨てゝ始めて解決が出来る。只如何《どう》身を捨てるかゞ問題である。死？　死とはあまりに無能である。

（『虞美人草』より）

甲野青年の日記の続きです。その謎を解くためには、身を捨てることだと言います。おそらく利己を離れるという意味でしょう。死のことではありません。死は何も解決しないのです。

137　生と死の境界線

三四郎の眼《め》の前には、ありくと先刻《さつき》の女の顔が見える。其顔と「あゝ……」と云つた力のない声と、其二つの奥に潜んで居るべき筈の無残な運命とを、継《つ》ぎ合はして考へて見ると、人生と云ふ丈夫さうな命《いのち》の根《ね》が、知らぬ間《ま》に、ゆるんで、何時《いつ》でも暗闇《くらやみ》へ浮《う》き出して行きさうに思はれる。三四郎は慾も得《とく》も入《い》らない程怖《こわ》かつた。

（『三四郎』より）

三四郎は野々宮さんの下宿で留守番をしているとき、線路への身投げに遭遇しました。直前に「あゝあゝ、もう少《すこ》しの間だ」といううめき声を聞き、事後、真っ二つに轢断《れきだん》された女の遺体を見ました。明るい生にあふれている文明社会が、じつは死とぴったり隣り合わせていることを意味する場面だと思います。これと同じことを、私たちは東日本大震災と原発事故で経験しました。漱石の言葉は時代とともに色あせず、いつも新しいのです。

138　しまった、もう取り返しがつかない

私は又あゝ失策《しま》つたと思ひました。もう取《と》り返《かへ》しが付《つ》かないといふ黒《くろ》い光《ひかり》が、私

の未来を貫《つら》ぬいて、一瞬間に私の前に横《よこた》はる全生涯を物凄《ものすご》く照《て》らしました。さうして私はがたがた顫《ふる》へ出《だ》したのです。

（『心』より）

「先生」がKの部屋を覗《のぞ》き、Kが頸《けい》動脈を切って死んでいるのを発見した場面です。Kをそこへ追い込んだのは先生です。「あゝ、失策《しま》つた」「もう取《と》り返《かへ》しが付《つ》かない」という言葉が何とも言えず重く、凄まじく、息が詰まるようです。

139 誕生

彼の右手《みぎて》は忽《たちま》ち一種異様の触覚をもつて、今迄経験した事《こと》のない或物《あるもの》に触れた。其或物《あるもの》は寒天のやうにぷりぷりしてゐた。さうして輪廓からいつても恰好《かつこう》の判然しない何《なに》かの塊《かたまり》に過《す》ぎなかつた。彼は気味の悪《わる》い感じを彼の全身に伝へる此塊《かたまり》を軽《かる》く指頭《したう》で撫《な》でゝ見《み》た。塊《かたま》りは動《うご》きもしなければ泣《な》きもしなかつた。たゞ撫《な》でるたんびにぷり〳〵した寒天《かんてん》のやうなものが剝《は》げ落ちるやうに思へた。若《も》し強《つよ》く抑《おさ》へたり持《も》つたりすれば、全体が屹度崩《きつとくづ》れて仕舞ふに違《ちがひ》ないと彼は考へた。彼は恐《おそ》ろしくなつて急に手を引込《ひつこ》めた。

（『道草』より）

妻のお住が予定より早く産気づき、赤ん坊が生まれた場面です。お住は失神していて、健三はなすすべがありません。普通ならば感動的に装飾された筆遣いになるところですが、素っ気ないくらい赤裸の実景に徹しているのが印象深く、むしろ厳粛です。

140　門の下にて立ちすくむ覚悟

彼は門《もん》を通《とほ》る人《ひと》ではなかつた。又門《もん》を通《とほ》らないで済《す》む人でもなかつた。要するに、彼は門《もん》の下《した》に立《た》ち竦《すく》んで、日《ひ》の暮《く》れるのを待つべき不幸な人であつた。

（『門』より）

「門」に拒まれ、途方に暮れる宗助です。逃げ道はないようです。しかし、それが生きるということかもしれません。私も少しずつ覚悟ができるようになりました。

141　たった一人でいいから、誰かを信用したい

私は死ぬ前にたつた一人《ひとり》で好《い》いから、他《ひと》を信用して死《し》にたいと思つてゐる。あなたは其《その》たつた一人《ひとり》になれますか。なつて呉《く》れますか。あなたは腹《はら》の底《そこ》から真面目《まじめ》ですか。

（『心』より）

自分の殻の内側でのみ生きてきた先生が、初めて他人にすべてをさらけ出すことを考えた瞬間です。「あなたは腹《はら》の底《そこ》から真面目《まじめ》ですか」という問いは、先生にとっては決死の覚悟だったのではないでしょうか。そして赤の他人であっても、「真面目」にみずからの物語を受け継ぐピュアな精神を見出したとき、先生は自らを処決する覚悟をすることになるのです。そのことを私は「魂の相続」と呼びたいと思います。私たちが見失っている最も重要なタテ軸の、人と人とのつながりです。

142　子供などに会いたくはありません

傍《はた》が一《ひと》しきり静《しづ》かになつた。余《よ》の左右《さいう》の手頸《てくび》は二人《ふたり》の医師《いし》に絶《た》えず握《にぎ》られてゐた。其二人《そのふたり》は眼《め》を閉《と》ぢてゐる余《よ》を中《なか》に挟《はさ》んで下《しも》の様《やう》な話《はなし》をした（其単語《そのたんご》は悉《ことごと》く独逸語《ドイツご》であつた）。

「弱《よわ》い」

「えゝ」

「駄目《だめ》だらう」

「えゝ」

「子供《こども》に会《あ》はしたら何《ど》うだらう」

「さう」

今迄《いままで》落付《おちつ》いてゐた余《よ》は此時《このとき》急《きふ》に心細《こゝろぼそ》くなつた。何《ど》う考《かんが》へても余《よ》は死《し》にたくなかつたからである。

（『思ひ出す事など』より）

漱石が胃潰瘍で危篤に陥ったときのこと（修善寺の大患）をつづった随筆です。漱石は患者の頭越しにこのような会話をする医師に腹が立ち、目を大きく開け、「子供《こども》抔《など》に会《あ》ひたくはありません」と、キッパリと言ったそうです。

143　二度生まれ

人は余を運搬する目的を以て、一種妙なものを拵《こし》らえて、それを座敷の中《うち》に舁《か》き入れた。長さは六尺もあつたらう、幅は僅か二尺に足らない位狭《せま》かつた。……

余は口《くち》の中《うち》で、第二の葬式と云ふ言葉をしきりに繰り返した。人《ひと》の一度は必ず遣《や》つて貰《もら》ふ葬式を、余丈はどうしても二返執行しなければ済《す》まないと思つたからである。

（『思ひ出す事など』より）

同じ随筆の続きです。修善寺の静養先を去るとき、漱石は寝椅子を据えつけた担架のようなもので運ばれました。「葬式を二度する」という言葉が印象的です。「二度死ぬ」のではなく、「二度生き直す」という意味に解釈したいと思います。漱石が私淑していたウィリアム・ジェイムズの「二度生まれ」です。私も東日本大震災を通じて「二度生まれ」に近い体験をしました。

144　病気はまだ継続中

「病気はまだ継続中《ぞくちゅう》です」

（『硝子戸の中』より）

漱石は、「具合はいかがですか」と人から訊《き》かれるたびに、最初は「どうかこうか生きています」と答えていたのですが、あるときから「病気はまだ継続中《ぞくちゅう》です」と答えるようになりました。人間のすべての営みは――命だけでなく、喜びも、怒りも、悲しみも、愛も、病も――、どれも継続中なのではないかと気づいたからです。

145　自分の中にある爆弾

所詮《しよせん》我々は自分で夢《ゆめ》の間《ま》に製造した爆裂弾を、思ひ〳〵に抱《いだ》きながら、一人《ひとり》残らず、死といふ遠い所へ、談笑しつゝ歩《ある》いて行くのではなからうか。唯《たゞ》どんなものを抱《だ》いてゐるのか、他《ひと》も知らず自分も知らないので、仕合《しあは》せなんだらう。

（『硝子戸の中』より）

同じ随筆の続きです。人はみな自分の中にどんな爆弾を抱いているか知らないから幸せでいられるのだ――と、漱石は言います。何か遠大で、果てしない気分にさせられます。人間とはいったい何者で、どこから来て、どこへ行くのでしょうか。

146　それでも……

生れて来た以上は生きねばならぬ。敢《あえ》て死を怖るゝとは云はず只生きねばならぬ。生きねばならぬと云ふは耶蘇《ヤソ》孔子以前の道で、又耶蘇孔子以後の道である。何の理窟も入《い》らぬ、只生きたいから生きねばならぬのである。凡ての人は生きねばならぬ。

（『倫敦塔』より）

倫敦塔をめぐりながらの、漱石の述懐です。人はみな生きなければいけない。何の理屈もいらない。ただ生きねばならない――。悟りでもなく、諦観でもない、問答無用の力強さがここにあるように思います。

147　時の流れに従ってください

私は彼女に向《むか》つて、凡《すべ》てを癒《いや》す「時《とき》」の流れに従つて下《くだ》れと云つた。

（『硝子戸の中』より）

あるとき、漱石のもとに、恋に無残に破れた女性が相談にやって来ました。漱石の目にその傷跡は非常に深く、痛々しく、とても回復の見込みはなさそうに思われました。彼女は死にたいと言いました。しかし漱石は彼女を押しとどめ、すべてを癒やしてくれる「時」の効用を語るのです。この言葉は、いわれのない不幸の中にいる人々に是非とも玩味して欲しい名言です。

148　死なずに生きていらっしゃい

次《つぎ》の曲《まが》り角《かど》へ来《き》たとき女は「先生に送つて頂《いただ》くのは光栄で御座います」と又云つた。私は「本当に光栄と思ひますか」と真面目《まじめ》に尋ねた。女は簡単に「思ひます」とはつきり答へた。私は「そんなら死《し》なずに生《い》きて居《ゐ》らつしやい」と云つた。

（『硝子戸の中』より）

すっかり夜も更け、帰路を送っていった漱石は、彼女に向かって「生《い》きて居《ゐ》らつしやい」と言いました。この言葉を、私は漱石のすべての人に対するメッセージとして受け取りたいと思います。私もみずからにそう言いきかせているのです。

終章　上り坂の向こう側へ

「生死因縁無了期《しょうしいんねんりょうきなし》、色相世界現狂痴《しきそうせかいきょうちをげんず》」

『虞美人草』に出てくる漢詩の一部です。人間の生き死には、人間の理解を超えた因果の糸によって定まり、それはいつまでも絶えることはありません。なのに、どうです、この世の中は。毎日、どんちゃん騒ぎに明け暮れています。

漱石が熊本からロンドン行きを決めたとき、漱石はその心境を、この漢詩に込めています。この世は無常、しかし塵芥《じんかい》に塗《まみ》れた俗世は、まるで儚《はかな》い運命を忘れたかのように喜劇的な狂態を演じています。それでも、おれは生きていくぞ。こんな漱石の覚悟が、この詩の中に透けて見えるように思えるのです。

私はこの漢詩が好きです。まるで今の世の中を言い表しているように思えるからです。株価の乱高下に一喜一憂し、見たくないものには目をつぶり、ただ今日のことしか頭にない世情は、漱石の時代とまったく同じ。嫌気がさして、この世の中から逃げ出したくなっても不思議ではありません。

その上、運悪く不幸が重なり、悲哀を舐《な》めることになれば、厭世的な気分が一層増してこざるをえません。

中高年の年輪と重なるこの四半世紀、私は旧国立大学にもポストを得、メディアの世界でも多少は知られる「論客」あるいは「文化人」と見なされるようになったようです。その意味で、少々の功なり名を遂げたことになるでしょうか。

しかし、序章でも少し触れたように、俗世の「勲章」とは裏腹に、私の心の奥には薄ら寒い風が吹いていたように思うのです。寂寞《せきばく》の感情と言ったらいいでしょうか。

昭和が終わり、冷戦が終わり、さあもっといい世界が現れてくるに違いないと淡い期待を抱いたのに、それすらも裏切られ、身近な世間も、この国も、そして世界も見苦しいほどに右往左往し、狂態を繰り返しています。家族の不幸も重なり、私は表面的な活発さとは裏腹に、隠遁してしまいたい衝動に駆られたものです。

だが、そんなときに出合う漱石の言葉は、どんなに厭世的になり、この世を疎ましく思っても、塵中にとどまるしか道はないことを教えてくれました。塵埃《じんあい》に塗れながらも、それでも生き抜く、生ききる力。漱石の言葉によって私はその力を取り戻したのです。

とはいえ、それは決して幸せであることを意味しているわけではありません。というより、幸せでなくても、生き甲斐のある人生があることを私は漱石を通じて学んだのです。漱石を知らなかったら、私の人生は何と貧寒としていたことでしょうか。中高年を過ぎ、今では少しは自分なりに覚悟ができるようになりました。「それでも、生き抜くぞ、生きるぞという」覚悟が。

漱石の言葉の「薬効」のすごさかもしれません。

*

還暦を過ぎてつくづく思うのは、自分の半生が、上り坂の時代だったことです。物価は上がる。賃金も上がる。景気も、人生も、上昇カーブを描いて上がっていく。そんな浮上感のようなものが、思春期から壮年期にかけて漂っていたように思います。

言葉を換えて言えば、光を求め、明るさを求め、豊かさを求め、幸せを求め続けることが、生きるということであり、それが実際に叶えられるという確信のようなものが、自分の半生を貫いていたのです。それは、太陽が東から顔を出して、西の彼方に没するのと同じくらいに、自明なことでした。

しかし、もしかしたら、それは自然の理に反していることであり、光には必ず影があり、豊かさには貧が、幸せには不幸が、必ず付きまとい、両者は切り離すことができないのではないか。

還暦を過ぎて、私はそう思うようになりました。

そのきっかけになったのは、筆舌に尽くしがたい個人的な不幸と、それと同時に重なり合うように起きた東日本大震災と原発事故でした。それらは、光と明るさを求め続けてきた私の半生と、光と明るさをつくり出す原子力エネルギーが、ともに破綻したことを意味していました。この余りにも大きな犠牲を払って、私は上り坂の時代の「憑き物」——人生が上昇カーブを描いて隆起し、光と明るさが豊かさと幸せに通じるという「盲信」のようなものから決別するようになったのです。

「憑き物」が落ちたとき、作家・夏目漱石の言葉が、改めて「天啓」のように私の心を打ちました。

たとえば、こんな言葉です。

世に住むこと二十年にして、住むに甲斐ある世と知つた。二十五年にして明暗は表裏の如く、日のあたる所には屹度《きつと》影がさすと悟つた。三十の今日はかう思ふて居る。——喜びの深きとき憂愈《いよいよ》深く、楽みの大いなる程苦しみも大きい。之《これ》を切り放さうとすると身が持てぬ。片付けやうとすれば世が立たぬ。

（『草枕』より）

私の場合は、「三十の今日」ではなく、「六十の今日」ということになり、悟るのに二倍の歳月が必要だったことになります。五〇歳にも満たない人生で、しかも今から一〇〇年ほど前に、なぜ漱石は上り坂の時代の憑き物——光、明るさ、豊かさ、幸せの「方程式」から「自由」でありえたのでしょうか。身も蓋もない言い方をすれば、それは漱石が「病の人」だったからだと思います。

そう、彼は心を病んでいました。

それが、神経衰弱か、鬱か、躁鬱か、その実相は私にはわからないし、どうでもいいことかもしれません。ただ、確かなことは、漱石が、ずば抜けた天分と豊かな教養を備えながらも、同時に深く心を病んでいたことです。病んだ心のゆえに、その感性は恐ろしく鋭く研ぎすまされ、結果として、まるで千里眼のように時代を見抜くことができたのではないでしょうか。

漱石は、飽くことなく、光と豊かさ、繁栄と成長を求め続けた近代日本の絶頂期に、いちばん初めに「憑き物」が落ちてしまった希有な作家であり、知識人だったのです。

しかも、漱石は、その「憑き物」の正体を、ごく日常の言葉を通じて明らかにしたのです。難解な隠語や専門的な用語ではなく、ありふれた世間の言葉で、漱石は、私たちに憑依《ひょうい》している「近代」という時代の葛藤を描いてみせました。人生の深淵を覗くようにして、漱石は、「私たちの時代」の果てを見定めていたのです。

「私たちの時代」とは、要するに上り坂の人間、行け行けドンドンの価値観によって駆動されてきた時代を指しています。とっくに終わっているにもかかわらず、依然として、その「憑き物」が落ちない時代を生きる人々こそ、現在の私たちの姿なのかもしれません。

でも、私の中ではその「憑き物」の神通力は失われてしまいました。結果として、私は随分、精神的にも楽になった気がします。もちろん、日々のストレスはないわけではありません。また、ああでもない、こうでもないと悩むことしきりです。それでも、どこか肩の荷がおりた感じがするのです。

と言って、無欲になったわけではありません。

欲は人並みにあります。

この歳でも、異性に心ときめくことがあります。

美味《おい》しいものを食べたい、いい車に乗ってみたいと思います。

私もまた、漱石流に言えば、世間的な人情の囚《とら》われ人です。その意味で、人間は、容易に「超然と出世間的に利害損得の汗を流し去」ることができるわけではありません。

それでも、あの「憑き物」が落ちて以来、私は「利害の旋風《つむじ》に捲き込まれ」て、何かに目が眩《くら》んでしまうことはなくなった感じがしているのです。それは、ふたたび、漱石流に言えば、「わかるだけの余裕のある第三者」の心構えを持てるようになったということです。

漱石の言葉に出合うとは、そうした「余裕のある第三者」の心構えを自然に身につけていくことを、意味しているのかもしれません。

光には闇が、明るさには暗が、豊かさには貧が、幸せには不幸が、いつも付きまとっています。いいとこ取りをしようとしても、できるものではありません。そう見切ることができることが、「余裕のある第三者」なのではないでしょうか。

明日がどうなるのか、明日に聞かなければわからない。

何でもありの時代。

そんな不確実で不安な毎日を、どこか涼しい顔をしてやり過ごしながら、それでも、かつ弱きもの、小さきものに心を震わせる、そんな生き方ができれば……。

私は今では、それだけを願っているのです。漱石の言葉との出合いで、やっとそんな心境になれるようになりました。

あとがき

ひょんなことから映画に出演することになった。故郷、熊本県が制作費の大半を出資する行定勲監督の映画だ。タイトルは『うつくしいひと』。

日本を代表する鬼才からの出演依頼に、狐につままれた感じだったが、是非とも主演をお願いしたいという依頼に、二度びっくり。でも、単なるお国自慢ではない、普遍的なテーマを扱った映画を創りたい、ついては姜さんにどうしても主演の一人になって欲しいという熱意にほだされ、無謀にも「俳優デビュー」を果たすことになったのだ。しかし、三度目のびっくりは、試写会の折に、行定監督が、本書における私の密かな執筆動機とまったく同じことを語ったことだった。

「この映画は、熊本県民のみなさん一人一人がプロデューサーであり、そして、みなさん一人一人がうつくしいひとであることを発見するために創られた作品なのです」

本書に収めた１４８の名言は、いずれも「独断と偏見」で選んだものばかりだ。でも、小説を読むとは、突き詰めて言えば、読者の一人一人が自分にしかない「独断と偏見」で作品を徹底的に味わうことではないか。

幸いにも、漱石の文章は、万人に開かれている。狭き門では決してないのだ。おそらく、徒手空拳で挑んだこの我流の「漱石名言集」を通じて、多くの読者は、自らにとっての「漱石の言葉」を発見していくに違いない。むしろ、そうであって欲しいと、私は切に願っている。

こうしたスタイルの執筆は初挑戦であったが、あらためて夏目漱石の奥深さを感得する貴重な経験となった。集英社新書編集長の落合勝人さんをはじめ編集部や営業担当の方々、校正者の方々の手厚いサポートには、心からお礼申し上げたい。また、本書の第一章と第二章の一部を抜粋して、文芸誌「すばる」（二〇一六年三月号）に掲載した。没後一〇〇年の節目に、文学の専門家や一般の読者に至るまで、広く漱石を味読する機運の一助となれば、これに勝る喜びはない。

二〇一六年二月一八日

姜尚中

＊本文中の漱石作品の引用元は岩波書店版『漱石全集』（一九九三〜九九年）による。

姜尚中（カン サンジュン）

一九五〇年生まれ。東京大学名誉教授。専攻は政治学・政治思想史。著書に、一〇〇万部超のベストセラー『悩む力』とその続編『続・悩む力』のほか、『マックス・ウェーバーと近代』『オリエンタリズムの彼方へ』『ナショナリズム』『日朝関係の克服』『在日』『姜尚中の政治学入門』『リーダーは半歩前を歩け』『あなたは誰？ 私はここにいる』『心の力』『悪の力』など。小説作品に『母―オモニ―』『心』がある。

集英社新書〇八二四F

漱《そう》石《せき》のことば

二〇一六年三月二二日 第一刷発行

著者……姜尚中《カン サンジュン》

発行者……加藤 潤

発行所……株式会社集英社

東京都千代田区一ツ橋二―五―一〇 郵便番号一〇一―八〇五〇

電話 〇三―三二三〇―六三九一（編集部）

〇三―三二三〇―六〇八〇（読者係）

〇三―三二三〇―六三九三（販売部）書店専用

装幀……原 研哉

印刷所……凸版印刷株式会社

製本所……加藤製本株式会社

定価はカバーに表示してあります。

ISBN 978-4-08-720824-5 C0295

Printed in Japan

a pilot of wisdom

集英社新書　姜尚中の既刊本

『ナショナリズムの克服』姜尚中／森巣博

政治学者と博奕打ちという異色コンビによる、
ナショナリズム理解の最良の入門書。

『増補版 日朝関係の克服
——最後の冷戦地帯と六者協議』姜尚中

第二次大戦後の朝鮮半島の歴史を概観し、
日米安保体制に代わる平和秩序のモデルを提示。

『デモクラシーの冒険』
姜尚中／テッサ・モーリス-スズキ

日豪屈指の知性が、グローバル権力への抵抗を
模索した、21世紀のデモクラシー論。

『姜尚中の政治学入門』姜尚中

政治を考える上で外せない七つのキーワードを
平易に解説。著者初の政治学入門書。

『ニッポン・サバイバル
——不確かな時代を生き抜く10のヒント』姜尚中

幅広い年齢層からの10の質問に答える形で示される、
現代日本で生き抜くための方法論。

『悩む力』姜尚中

悩みを手放さずに真の強さを摑み取る生き方を
提唱した、100万部超の大ベストセラー。

『在日一世の記憶』小熊英二／姜尚中 編

完成までに5年の歳月を費やした、第一級の歴史記録。
在日一世52人のインタビュー集。

『リーダーは半歩前を歩け ——金大中というヒント』姜尚中

混迷の時代を突き抜ける理想のリーダー像とは？
韓国元大統領・金大中最後の対話を収録。

『あなたは誰？ 私はここにいる』姜尚中

「美術本」的な装いの自己内対話の記録。
現代の祈りと再生への道筋を標した魅惑の一冊。

『続・悩む力』姜尚中

3・11を経て、4年ぶりに「悩む力」の意味を問う。
現代の「幸福論」を探求した一冊。

『心の力』姜尚中

夏目漱石『こころ』とトーマス・マン『魔の山』から
一世紀。文豪たちの予言を読み解く。

『悪の力』姜尚中

悪を恐れ、憎みながら、みんな何を問題にしているのか？
人類普遍の難問に挑んだ意欲作。